紅骨髓

王祥夫——著

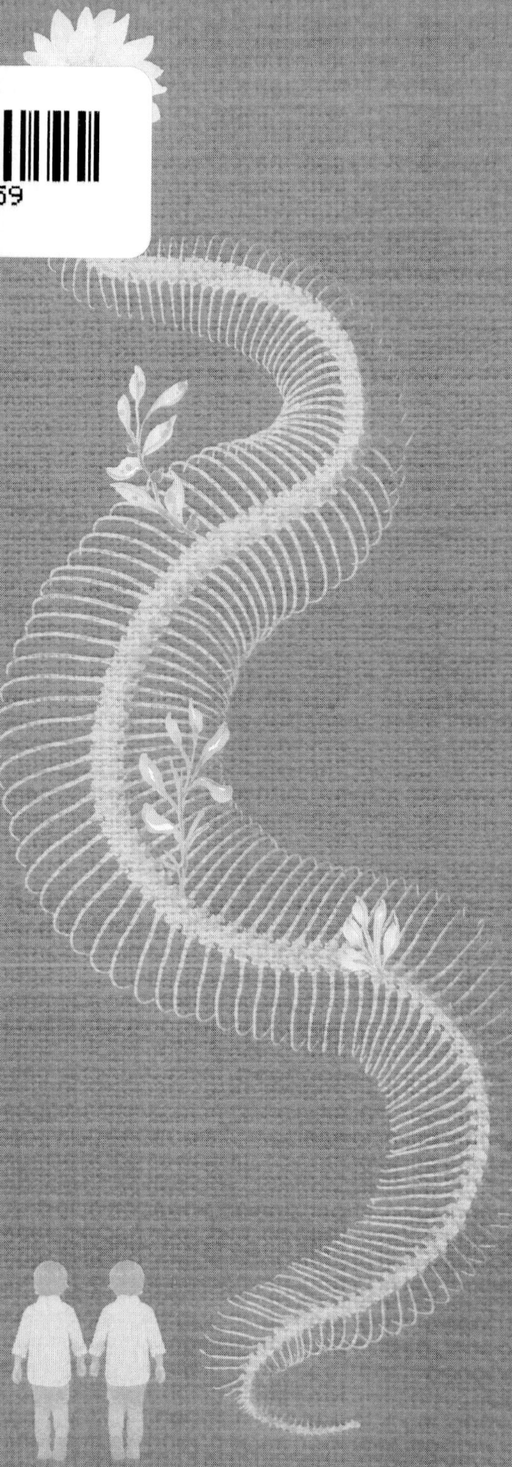

第三屆「魯迅文學獎」短篇小說獎第一名

——《上邊》王祥夫精選短篇小說合集

「心靈是活的，你寫出來的東西才會是活的。」

以樸實真切的文字，從底層小人物身上描繪出對生命的洞察。

崧燁文化

目錄

引言

短篇小說的魅力在於由容積帶來的種種限制。如果說長篇和中篇是讓人們看，那麼短篇就是讓人們想。你面對一個短篇，一是不要希望它給你太稠密的故事；二是短篇太像一顆手榴彈，看起來是小小的一顆，炸開來卻是一大片，煙霧瀰漫鬼哭狼嚎的。但一般讀者更希望看到一個彈藥庫在那裡，有琳琅滿目的內容，這一點，短篇小說永遠也辦不到。短篇小說恐怕難以以寬廣取勝，但可以深，它是一眼細細的深井，讓人一下子看不出它有多深。

廚子木頭棍

快到中午的時候，王建國不得不去了一下廚房，廚房的窗戶很大，幾乎一面牆都是玻璃，從窗戶裡可以看到對面樓的紅瓦頂。外面陰陰的，但還是很熱，這種天氣最好能來點冰鎮啤酒。王建國想好了，他要給自己來一份糖拌番茄，這道菜很好做，就算是鬼也做得出來。然後再切一根哈爾濱紅腸，那種又粗又長的紅腸味道很對王建國的胃口，王建國喜歡在吃這種紅腸的時候再來些大蒜，大蒜和紅腸放到嘴裡一起嚼。喝啤酒有這兩樣菜其實就差不多了。至於主食，王建國準備把女友端午節送來的粽子熱一下，冰箱冷凍庫裡冰著一大袋肉粽，王建國很愛吃這種肉粽。

現在，家裡只有王建國一個人。房子很大，有兩層，樓下那一層有一間大客廳、一間廚房、三間臥房和兩間衛浴。樓上那一層小一些，有兩間臥房、一間衛浴還有兩個儲藏間，其中一個儲藏間在好幾年前被王建國改成了衣帽間。衣帽間裡當然都是衣帽，那些長長短短的衣服掛在架子上，幾乎都是王建國愛人的衣服，愛人離家前還在架子上鋪了很大一塊舊窗簾，舊窗簾沒用了，但正好用來當防塵布。現在王建國就一個人住在這間兩層的房子裡，當然還有那三隻貓。一想到這三隻貓，王建國就心煩，要不是貓，王建國或許早就不在這座城市裡居住了，但他又不可能帶著三隻貓到處跑。有人勸過王建國把貓送人或者乾脆將牠們放生。

「那可是三條命！」王建國當時就生氣了。

「說到底還是你捨不得嘛！」朋友說。

「這隻，十歲！那隻，五歲！黑貓三歲！」王建國說牠們只會在頂樓散步，放出去就是死路一條，「到時候牠們都會被活活餓死。」

快到中午了，王建國得替自己弄點吃的了，他要先把紅腸切起來，然後再把粽子放到微波爐裡稍微熱一下。這時候外面門響了，有人敲了兩下，停了一會兒，又敲了兩下，王建國猜不到會是誰在外面。他遲疑一下，還是去開了門。

就這樣，木頭棍又從外面進來了，木頭棍長得又瘦又高，所以人們都喊他木頭棍。不管天氣有多熱，木頭棍總是戴著他的棒球帽，有好幾次，王建國對木頭棍說：「你怎麼連在廚房裡也戴著帽子，廚房裡又沒有太陽。」這麼說的時候，王建國就又想起那個姓劉的校長來了。王建國那時候還在學校裡工作，學校的澡堂和餐廳離得不遠，從餐廳的後門出來走幾步就到了。餐廳後門到澡堂之間是餐廳的菜園，種了些茄子番茄什麼的，還有灰綠綠的大蔥。那時候王建國總是先去澡堂洗澡，然後再去餐廳吃飯。學校的澡堂也不能說有多大，但學生和老師們都混在一起洗，花灑的水「嘩啦嘩啦」地流著，校長偶爾也會到這地方來洗。洗澡的時候王建國總是習慣戴著眼鏡，而有一次那位姓劉的校長就突然問了他一句：「洗澡怎麼還戴眼鏡，你要看什麼？」這句話簡直是讓人猝不及防，王建國窘迫不已。要是有人這麼在澡堂裡問你，你肯定也會像王建國一樣不知所措。但戴眼鏡的人就是這樣，他們一旦習慣了戴眼鏡，就不會想把它摘下來，一旦摘下來，許多不適應就會緊隨而來，比如頭會有點暈，比如有時候連食慾都會降低，甚至於，有些人在做愛的時候也戴著眼鏡，動作快起來的時候還要時不時抬起手來扶眼鏡，這真的是很麻煩的事。王建國有許多副眼鏡，有一陣子王建國熱衷於替自己配眼鏡，只要一見到喜歡的鏡框他就要配。王建國的電腦桌左側的那個抽屜裡就有十幾副眼鏡。最貴也最好的一副是大衛杜夫，這個牌子來頭可不小，除此之外，王建國還有一張很漂亮的木頭椅子，很矮、很寬，坐起來很舒服，就放在一上樓正對著電視的地方，也是大衛杜夫，這可真是大得不能再大的名牌，所以也貴，一張椅子都差不多四千了，只差十幾塊錢。

「知不知道這副眼鏡是大衛杜夫的？」王建國還問過木頭棍，木頭棍那天正拉開他的抽屜找東西，是在找一把螺絲起子，因為廚房的一個炒鍋把手上的一顆螺絲掉了，那顆螺絲老是掉，炒菜的時候炒鍋總是在木頭棍的手裡左左右右地晃來晃去。

「你在這地方找什麼螺絲起子！」王建國對木頭棍說螺絲起子之類的工具都在樓下大廳的抽屜裡，你去那地方找，別在我這裡亂翻。其實木頭棍並不是在找螺絲起子，他東翻西翻，其實根本不是來找東西的，他只是喜歡有事沒事就和王建國待在一塊。有時候他們之間一句話都不說，王建國做王建國的事，王建國的事也就是在電腦上查東西或在那裡打字，木頭棍則在旁邊一邊看著王建國在電腦前打字，一邊抽菸。木頭棍的坐姿總是那樣，一條腿放在另一條腿上面，再把一隻手臂撐在抬起的那條腿上，身體往前探，這麼一來他就像是哈著腰，身體向前傾，宛如一隻飛翔中俯衝的大鳥。

廚子木頭棍

「好在我這個家不禁菸。」王建國對木頭棍說。

「那就好。」木頭棍笑著說。

「你別得意，哪天我就要禁止在家裡吸菸。」王建國說。

木頭棍「哈哈哈哈」笑起來，其實王建國的話並不可笑，只不過是一句普通的話，但木頭棍就是能笑老半天。有時候王建國會很不高興，揚揚手臂把木頭棍趕到樓下去，說你到樓下看你的電視去，別影響我；或者你想去哪就去哪，等做飯的時候再回來。王建國這麼說的時候，木頭棍肯定會看一眼掛在牆上的那個不大的小吊鐘，說：「時間快到了，我總不能現在回家過一會兒再來。」木頭棍說要是這樣的話，他吃不胖都跑瘦了。

「那你就到樓下看電視，」王建國說，「希望你不要老是待在我身邊。」王建國把這話都說了出來，但木頭棍動一動身體了嗎？木頭棍根本就沒動身體，還在抽菸，一邊抽菸一邊嘻嘻笑著對王建國說：「你做你的，我看我的，我又不影響你。」木頭棍這麼說話的時候，旁人根本就猜不出他和王建國是什麼關係，一般人也猜不出木頭棍和王建國是什麼關係。來王建國家的人都猜不出木頭棍僅僅是王建國家裡的一個廚子，一天來煮兩頓飯，做晚餐的時候會順便把王建國第二天的早餐也準備起來。除了替王建國做飯，木頭棍還兼了兩份工作，幫餐廳送外送和幫超市送貨給餐廳。他可真夠忙的，但即使這樣他也賺不了多少錢，整天為錢煩惱。木頭棍對王建國說過，他的兒子馬上就要考大學了，到外地上學需要許多錢；他的母親才剛在醫院做過手術，又借了不少錢，而他的愛人最近卻丟了一份工作，雖然賺得不多，她那份少得可憐的薪水也打了水漂。

王建國的愛人已經去南京五年了，走的時候王建國就滿肚子不高興，王建國說那我吃飯呢？妳知道我不會煮飯，我連最簡單的炒蛋都不會炒，連最簡單的麵條都煮不了，連最簡單的泡麵都泡不好。王建國的愛人說：「我有說要你自己做了嗎？我會幫你僱用一個廚子。」那一陣子王建國的愛人很忙，因為忙，根本就沒時間考慮替王建國物色廚子的事。王建國的愛人同意王建國自己幫自己找一個廚子，那一陣子，王建國的興致很高，人力仲介那邊介紹了不少人過來，都是女的，這是王建國的要求：首先得是女的，其次是要年輕一點的，當然人長得漂亮一點更好，能夠增加人的食慾。在那段日子裡，王建國的家裡熱鬧非凡，王建國看了一個又一個，那些女廚子既年輕又漂亮，這讓人簡直想不到，想不到在這座小城裡居然會有這麼多年輕女人願意當廚子。但到了後來，王建國的愛人卻突然改變了主意——於是，總是笑嘻嘻戴著一頂棒球帽的木頭棍就出現了。王建國知道自己的愛人幫自己找個男廚是什麼意思，這個意思一般人都懂，關於這一點，可真是不難懂。

就這樣，木頭棍出現了，他總是戴著他那頂帽子，有時候熱了他會把帽子摘下來，腦門的地方就有一圈帽子壓出的痕跡，不過這痕跡很快就會消失，但過不了多久，木頭棍又會重新把帽子戴上。

「你這是做什麼，這是家裡，又沒有風。」王建國對木頭棍說。

「我最怕感冒了。」木頭棍對王建國說。

「你戴頂帽子就不會感冒了嗎？」王建國說這真是奇談怪論，說這話的時候也許王建國正坐在那裡吃飯，坐在緊靠廚房的餐廳裡。那張餐桌可真夠大的，能坐八個人，如果哪天客人多了，還可以臨時再加兩張椅子，但現在只有王建國一個人坐在那裡吃他的飯。餐桌上堆滿了書，簡直就像是圖書館的書桌，王建國總是一邊吃飯一邊看書，或者隨便抽一本雜誌過來看。

王建國吃飯，當然木頭棍也要吃，雖然廚子一般是不能跟主人一起吃飯的，但因為家裡只有他們兩個人，所以情況就慢慢發生了變化。這真是有點滑稽，一個廚子，一個主人，一開始，木頭棍還堅持等王建國吃完自己再吃，後來就變成了他們一起吃。說一起吃也就是一到時間就同時開始吃，王建國在餐桌旁吃，木頭棍在廚房裡吃，木頭棍會替自己搬一張椅子，坐在瓦斯爐旁邊吃。後來，王建國要他到餐桌旁，木頭棍一開始還覺得有點不習慣，但很快就適應了，他們就在同一餐桌共進午餐或晚餐，有時候他們還喝酒。

王建國有很多好酒，都是朋友送的，那些酒都放在北邊露臺的儲藏間裡。那個儲藏間裡除了酒還有不少茶，王建國每年都會買些普洱茶存起來，但他自己卻喜歡喝綠茶。王建國的綠茶都放在客廳南邊角落裡的一個冰箱裡，那臺小冰箱時不時會發出一陣「嗡嗡」的響聲，不熟悉的人會被嚇一跳。

王建國喜歡喝茶，對酒則沒多少興趣，而且在家裡很少喝酒，而那天王建國卻突然提議是不是應該來那麼一點，白的、高濃度的，那天王建國看足球看得興致高昂，他喜歡的那支球隊大獲全勝，是克羅埃西亞對土耳其，克羅埃西亞勝。木頭棍當然馬上表示同意，之後，他們就開始了，一般的情況是王建國只喝一點點，在一開始的時候，木頭棍也不那麼放得開，也只喝一點點，但情況漸漸發生了變化，木頭棍是一天比一天能喝。到了後來，王建國不想喝的時候，木頭棍也會替自己倒上滿滿一杯在那裡慢慢喝。再到後來，王建國早就吃完飯，甚至都刷完牙了，木頭棍還在那裡喝個不停，但王建國容忍了，反正碗筷都是木頭棍負責洗，他喝到什麼時候都跟自己沒關係。

王建國習慣一吃完飯就上樓去，躺一會兒或玩一會兒手機看看訊息，然後再做自己的事。有幾次，王建國下樓去廚房取茶葉，發現木頭棍早就趴在餐桌上睡著了，鍋碗瓢盆都還堆在那裡。再到後來，王建國發現連端到桌上的菜都是木頭棍喜歡的口味，木頭棍最喜歡川菜，而王建國只要一吃到辣，喉嚨就要痛好幾天。

「太辣了，太辣了！」王建國對木頭棍說，木頭棍卻說這麼多年的經驗告訴他，要想讓對方吃得高興，就要把自己最喜歡的東西端上來。對此，王建國無言以對。

「我是主人還是你是主人？」有一次王建國實在是忍不住了，問木頭棍。問話的時候木頭棍正趴在餐桌上睡覺，他太累了。

「你怎麼又來了？」在木頭棍進門的那一剎那，王建國對木頭棍說。王建國這麼說話多少有些不客氣，為此木頭棍遲疑了一下，但他還是把鞋換了。玄關的鞋櫃裡有一雙屬於木頭棍的拖鞋，換好拖鞋後，木頭棍停頓了一下，好像在想什麼，然後就徑直朝廚房走去了，王建國在後面跟著，王建國聽見木頭棍說了聲「螺絲」，又說了聲「那顆螺絲」。

王建國說：「什麼螺絲，你說什麼螺絲？」

「我忘了把那顆螺絲轉上了。」木頭棍說炒鍋把手上的那顆螺絲又掉了，擔心炒菜的時候燙到王建國。

「怎麼會？」王建國說。

說話的時候木頭棍轉過了身：「你別小看一顆螺絲。」

王建國不知道木頭棍是什麼意思，看著木頭棍。

「問題是要看這顆螺絲轉在什麼地方。」木頭棍說。

進了廚房，王建國看著木頭棍把手臂抬起來，把手放在冰箱上面的牆架上摸了一下。牆架上放了許多東西，蜂蜜瓶子、蝦米袋子、放金平糖的瓶子，有兩紙盒小棗，還有王建國每天要吃的那種海苔片——一片一片都密封在塑膠袋子裡，吃一片取一片。木頭棍抬手摸了一下，那顆很短卻很粗的螺絲就出現在木頭棍的手裡。

「就是這顆螺絲。」木頭棍又抬起手臂摸了一下，這次是螺絲起子，那個十字頭木把手的螺絲起子，王建國想不到螺絲起子會放在這地方。這兩件東西到手後，木頭棍把掛在牆壁上的炒鍋取下來放在了桌子上，很快就把螺絲轉到了那個炒鍋的把手上。這麼一來，那個鍋子在炒菜的時候就不會再晃來晃去。

「你看，不晃了吧！」木頭棍說。

「你來就為了這個？」王建國說。

「是啊，這不是小事。」木頭棍說，被燙一下可不是什麼好玩的事。

王建國看著木頭棍，不知道他下一步還會做什麼，看樣子，他不僅僅是來轉這顆螺絲，也許他還要做什麼。果然，木頭棍又把那顆螺絲轉了下來，木頭棍說若不想讓這顆螺絲掉下來，最好在裡面墊一點什麼。說話的時候木頭棍已經走到客廳裡了，客廳裡的書架上有好幾排抽屜，木頭棍拉開了其中的一個，王建國不知道他拉開抽屜要找什麼，直到看到木頭棍從裡面取出了那種密封管道接頭的止洩帶。木頭棍從上面撕下來一小段，然後慢慢慢慢把它纏在了那顆螺絲上，最後再把這顆螺絲轉在了炒鍋的把手上。

「好了，這下完全好了。」木頭棍對王建國說。

王建國試了一下，確實不晃了。

「我可以抽根菸嗎？」木頭棍對王建國說，他把炒鍋放回了原來的地方，從廚房出來，轉了一下身體，然後就在一進門靠牆的椅子上坐了下來。旁邊的桌子上有菸灰缸，裡面的菸蒂也都是木頭棍留下來的。

就在早上，王建國還在想著要把菸灰缸裡的菸蒂倒掉，想不到木頭棍又來了。

「你抽吧，抽完你就走吧，我還有很多事要做。」王建國對木頭棍說。

「你真的想好了？要解僱我？」木頭棍開始翻他自己帶來的那個大包包。

「你在翻什麼？」王建國說。

木頭棍把帽子摘下來了，放在桌上，這可不是什麼好信號。

「這裡有一個松仁小肚，還有一袋培根，我買給你的，算我請客。」木頭棍已經把東西從他的包裡取出來了，木頭棍抬頭看王建國的時候，王建國看見木頭棍腦門上戴帽子留下的那一圈痕跡，王建國知道這一圈痕跡馬上就會消失的，但很快木頭棍就又會把帽子戴上了，王建國希望木頭棍把帽子戴上，然後站起來走人。木頭棍是站起來了，但他沒有戴他的帽子，帽子就放在椅子旁的桌上，一會兒可能就會有一隻貓跳上去臥在帽子上。木頭棍站起來後沒有朝外走，反倒去了廚房，他一手拿著他的小肚，一手拿著他的培根。這時候那三隻貓出現了，牠們都聞到了培根的味道，牠們跟著木頭棍魚貫而入進了廚房。

王建國想了想，也站起來跟著去了廚房。木頭棍已經把小砧板從牆上取了下來，那塊小砧板是專門用來切肉的。

「這小肚還真香。」木頭棍對王建國說，刀已經拿在了他的手裡。

「我跟你說……」王建國說。

「這樣的小肚只有在一間店裡才買得到。」木頭棍馬上接過話，那圓圓的小肚很快就在他的刀下變成了一片一片的薄片，這麼一來，小肚的香氣就更濃了。這些被切成薄片的小肚很快就被鋪在了一個大盤子裡，木頭棍鋪得可真好，像一件藝術品。王建國沒注意到瓦斯爐上的平底鍋已經冒出淡淡的青煙，平底鍋裡是培根，王建國很喜歡吃培根。

「培根只有煎得乾乾的才好吃。」王建國曾經對木頭棍說。

「我跟你說。」王建國又說。

「再加點胡椒。」木頭棍馬上又打斷了王建國的話，胡椒罐已經被他拿在手中，木頭棍把胡椒罐在平底鍋上轉了轉。沒幾下，然後用一隻手把平底鍋端了起來，木頭棍的技術很好，他把平底鍋端起來，是平平地端起來，然後把懸在半空的平底鍋向前一推，又一推，這種動作王建國永遠也學不來。那平底鍋在木頭棍的手裡被一推，又一推，鍋裡的培根就飛了起來，在半空翻了一下，然後又落在了鍋裡。培根的味道還真是香。

「我跟你說。」王建國又說話了，他想再一次跟木頭棍說清楚：你被fire了，我不需要廚子，我一個人也能把自己餵飽。這話王建國已經對木頭棍說了好多遍了，王建國以為自己昨天說的是最後一遍，想不到木頭棍今天又來了。

「我跟你說。」王建國這次是跟在木頭棍的身後。

木頭棍不說話，他已經把切好的紅腸和煎好的培根端到了餐桌上，當然還有番茄。木頭棍看到了那幾顆洗好的番茄，他知道王建國喜歡吃什麼和要做什麼，番茄被切成了小塊，上面已經撒了白糖，過一會那些糖會慢慢融化，為了味道好，最好在糖融化之前開始吃它。木頭棍又去了一下廚房，這次是去端那盤小肚。做完這一切，木頭棍又去洗了一下手，水龍頭被扭開，水「嘩嘩嘩」地流出來，木頭棍在洗手，他抹了點肥皂，又用水沖了一下。王建國這時已經坐了下來，看著廚房那邊，他知道接下來會發生什麼。接下來，木頭棍會把酒瓶拿過來，當然酒杯也會跟著出現，緊接著，木頭棍也會坐下來，然後就要倒酒了。這酒一喝下去，還不知道要喝到什麼時候……

王建國坐在那裡，心裡有點煩，又有點不知所措，他等著木頭棍從廚房出來，木頭棍卻遲遲不出來。王建國坐不住了，他站起來，也去了廚房。一隻貓從廚房裡出來了，接著是另一隻，牠們都聞到了餐桌這邊的味道。

王建國站在廚房門口，朝廚房裡面看去，木頭棍靠著流理臺站著，在抽一根菸，笑咪咪地看著王建國，說：「你吃你的，我等你吃完收拾一下就走了。」

「你不來喝一口？」王建國聽見自己忽然說了這句話，好像這話根本不是自己在說。

「不了。」木頭棍說。

「來吧？」王建國說。

「不喝了。」木頭棍說。

「喝兩杯吧？」王建國說，他覺得這不是自己在說，不知是誰在說。

木頭棍又替自己點了一根菸，還是站在那。但他沒抽完這根菸，而忽然在原地轉了一個圈——他總是動不動就轉一個圈——然後，他就從廚房出去了。木頭棍從廚房出去了，卻沒有在餐廳停頓，他直接去了走廊門那裡，開始在玄關換鞋，看來他這次真的要走了。木頭棍身體有點抖，但他還是把鞋換好了，忽然又想起了他的帽子，他探一下身體，看到放在桌上的帽子，請王建國幫他遞一下，因為他已經穿好了鞋子，再進去就會把地板踩髒了。

木頭棍伸著手臂，有點抖。

王建國把帽子遞給了他。

然後，木頭棍就出去了，從走廊門出去，下樓。

王建國覺得有點奇怪，自己怎麼也跟著走了出去。

「喝兩杯再走吧！」王建國聽見自己在說。

木頭棍已經下了一層樓梯，王建國也跟著下一層樓梯。

「喝兩杯再走吧！」王建國有些糊塗，不知道自己在做什麼、說什麼。

走在前面的木頭棍把帽子摘了一下，又戴上。王建國看著木頭棍走遠了，又把帽子摘了一下，然後又戴上，但木頭棍一直沒回頭。

王建國在路邊小吃店的桌旁坐了下來，因為天氣熱，小吃店的幾張桌子都擺在外面，王建國開始喝啤酒。他要了一盤花生米還有一份拍黃瓜，他好像忘了家裡餐桌上的那些食物，小肚啊，紅腸啊，培根啊，糖拌番茄啊，那些吃的也許這會兒都已經被貓清掉了，也許都已經被貓弄得滿桌都是了。

氫氣球

天健想不到下雨天超市也會擠滿了人，可能是許多人的想法恰巧都和他一樣，都以為下雨超市人少就都去了超市。天健買了些牛肉，還有早餐吃的那種切片吐司，還有乳酪，那種扁圓的鐵盒子，裡面是三角形的乳酪，每一片都包著亮閃閃的金箔，味道十分可口，有那麼一點點酸——這是天健喜歡的口味，他總是把它抹在麵包上吃。然後他就去結帳了，結帳的人還不少，他排了一會兒隊。他前面的兩個年輕女孩可真是買了不少東西，足足放滿了兩個超市的手推車，天健注意到這兩個漂亮女孩買的幾乎都是食物，包括那種顏色很深而且很粗的燻腸。天健也喜歡吃這種腸，吃的時候搭配幾瓣大蒜，味道就更重，但最好在晚餐的時候吃，吃完就不再出門了，有朋友約他也不出去。如果吃這種配著大蒜的燻腸，接下來，天健就會給自己來杯熱茶，然後一整晚什麼事都不做，一直在看電視。

天健心想：這兩個漂亮女孩買這麼多食物做什麼？她們是做什麼的？她們會

不會是要開個派對，請一大群人來家裡吃飯？收銀員也是個年輕女孩，她很快就把東西刷完堆在了那裡，兩個女孩把東西分類放在四個大袋子裡，這就慢了一點。為了不耽誤別人的時間，那兩個漂亮女孩把她們的東西往旁邊的桌子上搬了一下，收銀檯的女孩就開始刷天健買的東西，她一邊刷，天健一邊很快把東西裝進袋子裡。這時，超市裡突然「砰」的一聲，聲音很響，人們都朝那邊看，天健也朝那邊看了一下，但他什麼也看不到，天健心裡猜想是什麼倒了，會不會砸到人？但這跟他沒什麼關係，他把東西放回手推車上往外推的時候，超市裡又「砰」的響了一聲，這下子可以肯定又有什麼東西倒了。

已經快到中午了，在出超市的時候，天健又看到了那兩個漂亮女孩，她們在門口像是遇到了什麼事，其中一個把口袋裡的東西攤了一地，好像在找什麼。天健出去的時候，又回頭看了一下，那兩個女孩似乎還在找什麼，又把另外一個袋子裡的東西攤了一地。天健發現外面雨小多了，所以他沒有把傘撐開，要是撐著傘，手裡再拎著那兩個袋子就很不方便。

從超市出來，天健去對面學校的門口叫計程車，先去了一趟醫院，他想看看他哥哥天康今天怎麼樣，醒來了沒有。醫生說今天是第六天，腦袋上的那根管子應該拔除，天健知道那是根引流管，腦子裡的血水和其他液體都會順著那根管子慢慢慢慢流到一個瓶子裡。天健想不到天康會出這種事，早上在公園運動的時候被一棵倒下來的樹擊中，那棵樹不偏不倚正好砸在他的頭上。這已經是第六天了，醫院替天康做了全面檢查，那棵樹擊中的是天康的小腦，也就是說，哥哥醒來後很有可能是個植物人，但也有可能永遠都醒不過來。

「醒不過來是什麼意思？」天健問那個醫生，醫生卻說馬上把患者身體側著，這樣就不容易被吐出來的東西窒息了。這幾天風刮得太大，但誰也想不到有一棵樹幾乎被刮斷了還會立在那裡不倒，更讓人想不到的是風停了以後它才倒下，而且一下子就擊中一個人，這個人還偏偏是天健的哥哥。這幾天，天健走路的時候總是留心路邊的樹，路邊的樹都很老了，有些樹上的樹葉已經開始泛黃了。天健覺得路邊有不少樹隨時都可能倒下來，隨時會把一個人砸到醫院裡去。

晚餐的時候，天健只吃了一份醬拌茄子，他比較喜歡吃燒茄子，這種茄子菜市場那邊有賣，那個人總是在那裡一邊燒一邊賣，天健還會順便再買兩條燒辣椒，燒茄子和燒辣椒拌在一起很好吃。當然這道菜裡要放些新鮮的大蒜。

吃完飯，刷了一下牙，天健對著鏡子看了一下自己的牙齒，他發現自己的眼袋這幾天明顯大了起來，都是睡不好的緣故。做完這一切，天健又打了電話給醫院那邊，天健聽著電話裡的聲音，但天健不明白是誰在那邊說話，好像是天康的一個朋友，說人還是那樣，沒什麼大的變化。天健一邊打電話一邊把買的東西從超市的購物袋裡取出來，天健很擔心那瓶冠生園石榴酒，但沒事，天健很喜歡這個牌子的石榴酒，從小到大，他都很喜歡冠生園。也就是在這個時候，天健忽然從超市帶回來的袋子裡發現了那支手機，這支手機和天健的那支手機差不多，天健這幾天因為睡眠不足總是有點迷迷糊糊，他把手機取出來放在餐桌上的時候，還沒有意識到這不是自己的手機。他去廚房倒水的時候，才終於明白餐桌上現在有兩支手機。天健奇怪怎麼會多出來一個，於是把那支手機拿在手裡去床上躺了一下。

他把這支不知道是誰的手機打開，手機螢幕上的圖是個穿著一身藍牛仔的年輕男人，他又把手機闔上，想了想，又打開，又看了一下那個穿一身藍牛仔的年輕男人。接下來，天健看了一下手機裡的通訊錄，上面都是些陌生的名字。連續下了幾天雨，有點冷，但天健的身體很好，冬天的時候他還會去冬泳，所以這點冷對他來說不算什麼，不過天健還是在藍色條紋襯衫的外面套了件薄一點的灰毛衣。天健閉了下眼睛，但他一閉眼睛就看見他哥天康躺在那裡，鼻子裡和身上插了不少管子，那些管子都和床頭的儀器連著，有一個儀器還在不停地冒泡。天健把手放在後腦杓，用手撫弄自己的頭髮，後來他又坐了起來，翻來覆去地看手裡的那支手機，他想弄明白這支多出來的手機是怎麼回事，怎麼會出現在自己的袋子裡面。

天健又起來，去了廚房，他對著從超市帶回來的袋子發了一會兒呆，然後打開那瓶石榴酒，他很想來一口，木塞子很快就打開了，他就著瓶子喝了一口，味道很好，他又喝了一口，接著重新用木塞子把酒瓶塞住。天健覺得自己應該去睡一會兒，睡一會兒再說，讓腦子清醒一下，好好想想是怎麼回事。待會兒他還要去一趟機場，天健的老婆晚上要回來，接著，他還要在醫院陪病。在醫院陪病也沒什麼，只是到了後半夜，天健很怕去走廊盡頭那間廁所，黑乎乎的。雖然晚上那些值班護理師都在，但天健總覺得廁所裡有什麼東西。還有醫院裡的電梯，天健晚上也很怕搭那個電梯。天健不喜歡醫院，其實誰都不喜歡醫院。

天健想讓自己想起來這支多出來的手機是怎麼回事，可能是在什麼時候被別人放到自己購物袋裡的？天健想起來了，自己去醫院的時候正好有幾個人過來看天康，那幾個人還買了鮮花和水果，顏色都很好看，都放在靠窗那邊的地上，那地方還有一些別的袋子，當然天健從超市帶回來的袋子也放在那裡。天健不認識那幾個人，但他知道那幾個人是天康的釣友。他們總是在一起釣魚，最遠還去過博格達峰下的天池，他們在那裡還說起西王母，一致認為西王母只不過是一個和許多很爛的男人睡過覺的很爛的女人而已。天健覺得手機可能就是他們其中某個人的，但天健想不起來這個人為什麼要把手機放在自己的購物袋裡，也許是順手那麼一放，天健想不起當時地上都放了些什麼東西。比如是不是恰好也有別人的購物袋，只有這樣才有可能放錯。

天健穿了衣服，下樓開車去機場。天健的車就停在樓下的那棵槐樹下，開車門的時候天健被嚇了一跳，有什麼從車上一下子飛了起來，發出很大的聲響，天健想了一下，那肯定不是鴿子，這個社區有很多鵓鴣。白天的時候，牠們就在地上邁著極碎的步伐，頭一點一點走來走去找食物吃，牠們的嘴和爪子都是紅色的。

機場在城市的東邊，去機場的路上，天健聽見那支手機在自己的包裡「嗚嗚」響了兩聲，天健想了想，沒去接，開車的時候最好不要去接電話。天黑之後，去機場的車還不少，和所有城市的機場一樣，天健他們這座城市的機場和市中心之間有很大一段距離。把車開過去再開回來，起碼要一個半小時。天健把自己老婆接到了醫院，晚上醫院裡的人就少得多了，車也少，天健直接把車開到了後面的住院大樓，因為白天下過雨，醫院裡一片昏暗潮溼，從樹這邊看樹那邊，連燈光都好像是溼的。

「沒問題吧？」往住院病房裡走的時候，天健聽見跟在自己身後的老婆小聲問了一句，天健知道她實際上是在問「今天不會死吧？」然後他們就站在病房裡面了。這時候天健又聽到那支手機「嗚嗚」響了兩聲，很快又不響了。天健摸了一下那支手機，但他沒把它從包裡取出來，因為它不再響了。這時候一個護理師從外面進來，朝病房裡的人點了一下頭，然後從被子下把天康的手一下子抬了起來，就像是拿一件和患者毫無關聯的什麼東西。她摸了一下脈搏，然後又看了一下吊瓶，也就這些，護理師就又出去了。天健和自己老婆站在床邊的時候，天健能感覺到老婆的手一下子抓住了自己並且持續施力。無論是誰，只要失去了知覺，陷入了昏迷，臉一定會變得讓人感到可怕又陌生。天健凝視了一下躺在被單下的哥哥，蒙在他嘴上的那塊溼紗布在一起一伏，這說明他呼吸得很吃力。這時又有人進來了，是值班醫生，這個醫生很高很瘦，看起來很年輕，已經脫下了白袍，因為穿著便服，這就讓他看上去和普通人一模一樣。他翻開天康的一邊眼皮看了一下，然後是另一邊。接著到床腳的那個本子上簽了幾個字。自始至終這個醫生都沒說什麼，病房裡靜悄悄的。也就是這個時候，天健聽見那支手機又「嗚嗚」響了幾聲。

「什麼時候能醒來？」天健的老婆說，她是在問這個醫生。

「這個不好說。」醫生說，患者還可能會持續發燒。

「真想不到……」天健的老婆說。

天健明白自己的老婆要說什麼，他想對了。

「這樣以後誰還敢在樹下運動。」天健的老婆又說。

這時候那支手機連續響了起來，天健去了走廊。

「你他媽是什麼人？」天健一接電話，對方就開了口，口氣十分粗暴。

天健一下子就生氣了：「你才他媽是什麼人，怎麼這麼說話！」

「我就是專門對付你們這種人的人，」對方口氣很衝，「你說你拿的是誰的手機，這支手機為什麼會在你手裡？」

「你說你專門對付什麼人？」天健說。

「專門對付小偷。」對方說。

「那你就去對付你的小偷吧！」天健一下子把電話掛斷了，這支莫名其妙出現的手機真的讓天健很生氣，天健看看手機，忽然有一股衝動，想立刻把手機扔到走廊的垃圾筒裡，但天健沒扔。這時手機又響了，天健原本不想理會，但這是醫院的住院病房，天健只好又接了起來，還是剛才那個人。

「告訴你，這支電話是有定位系統的，我知道你在什麼地方。」這個人在電話裡說，語氣中有著恐嚇。

「我要是把它扔到馬桶裡呢？」天健說。

「我跟你說過我是派出所的。」對方說。

「派出所怎麼啦，操你媽！」天健生氣了，這實在很難讓他不生氣。

「我說了，我可以透過定位系統找到你。」電話裡的人說。

接下來，天健把手機關機了。但天健不知道手機的定位系統在關機以後還會不會發揮作用，他回到病房，小聲問了一句：「手機關機後，定位系統還有用嗎？」天健的老婆看了天健一眼，不知道他在說什麼，天健的姪子在旁邊說，今晚不用天健在醫院陪病。

「嬸嬸剛回來。」姪子說。這時天康忽然發出聲音，好像在說話，其實只是哼哼，聲音彷彿是從很遙遠的地方傳來的，太遙遠了……這讓病房裡所有的人都興奮了一下。天健忽然有一種預感：天康就要醒來了，所以就又等了一會兒。準備離開的時候，天健說了一句：「會醒來的。」其實這話等於沒說。

「你可以嗎？」天健又問了一句。

「我可以看看電影。」天健的姪子說。

天健知道病房裡沒有電視，這間醫院，連護理師值班室裡也沒電視。

「我這裡存了很多好看的片。」天健的姪子對天健說，他手裡拿著一支很大的手機。

「有事你及時打電話。」天健對姪子說。

天健看見自己老婆把什麼東西塞到姪子的手裡。

「你也多躺躺。」天健的老婆說我們是自己人，不要客氣。

天健面朝天躺著，從始至終，他一直閉著眼睛。天健覺得現在根本就不是做這種事的時候，但他還是進入了老婆的身體，他和老婆畢竟好長時間沒在床上做過了。天健心裡一直想著天康，再過一會兒……或許是現在？也許已經完了、沒氣了……天健一直閉著眼睛。後來，他們做完了，他抽出來，希望自己這下子能睡著，但他馬上就覺得自己肯定又要失眠了。天健的老婆去了一下浴室，現在已經爬回床上並且很快就睡著了。因為怕貓跳到床上，天健總是把臥室的門關著。這時是晚上十點半，天健也去洗了一下，他站在洗手臺旁，用手把水潑在臉上，洗了洗，擦了一下，然後去了客廳。他又把那支不知道是誰的手機拿在手裡，這真是一件怪事，這手機怎麼就在自己的購物袋裡？他替自己倒了一杯水，天健喜歡用那種特大號的玻璃杯，晚上睡覺前他總是要喝這麼大一杯。天健現在不生氣了，不生那個人的氣了，誰丟了手機都會急的，人一急就會生氣，人一生氣就會口不擇言。天健躺下來，又把那支手機打開了。那隻貓也輕輕跳了上來，一點聲音都沒有，但天健感覺到了，貓跳到了沙發的靠背上，走過來，就在天健的頭旁邊，天健感覺到了。

這時候那支手機又突然響了起來，天健已經把音量調小了。

電話裡是個男人的聲音，不是先前那個人。

「寶貝，你在嗎？」這個男人聲音很溫柔，「今天晚上她值班不回來。」

天健摸著自己的臉，愣了一下。

「你找誰？」天健小聲說。

天健剛想問一下對方這支手機的主人是誰，但對方已經把電話掛了，是一下子掛斷，對方可能被天健嚇了一跳，可能根本就想不到這邊接電話的會是個男人。天健想了想，又打了過去，但電話響了半天無人回應，對方一直沒接，天健等了好長時間。在這之後，又有一個男人打來了電話，但一聽天健的聲音也馬上就把電話掛了，還說了聲：「對不起，打錯了，我找李醫師。」

天健坐起來喝了幾口水，這兩通電話真是接得有些詭異，怎麼回事？天健一邊喝水一邊看這支手機上的通訊錄。這時候天健的臉上涼了一下，天健知道是貓湊過來用鼻子碰了他一下。天健知道丟手機的人都會很著急，現在人們都離不開手機，手機一旦丟了就會耽誤許多事，也許還會造成許多誤會。天健覺得要找到手機的主人根本就不是什麼麻煩事，有通訊錄就不難找到。天健想好了：找到手機的主人，讓他明天去社區門口的派出所把手機拿走就行，自己不會和這個丟手機的人見面，再說自己也沒有時間，誰知道醫院那邊明天會有多少事，誰知道明天醫院那邊會出什麼事，天健這幾天的日子過得是提心吊膽。那個個子很矮的女護理師昨天甚至還對天健說「什麼準備都要做好，要往好的地方想，也要往壞的地方想」，這個女護理師這麼一說，天健馬上就想到了火葬場。天健從沙發上站起身，穿著拖鞋，去了一下廚房，他去廚房是為了喝幾口石榴酒。舉著瓶子喝酒的時候，他看了一下下面，天健住在最高的一層，他可以看見下面的路燈，還有西邊的那間警衛室。天健又探頭看了一下停在槐樹下的車，決定過幾天再找一個車位，把車停在樹下根本就不是什麼好主意，鳥總是把白花花的屎拉在車上。天健不知道鳥晚上待在樹上是睡覺還是專程拉屎，或者是一邊睡覺一邊就把屎拉了出來，但他現在覺得有必要找個新的停車位是怕樹忽然倒了把車砸壞。自從天康出了那件事，天健覺得所有的樹在刮大風的時候都有可能會忽然倒掉。

「刮大風最好別出門，誰知道風會把哪棵樹吹倒。」天健對自己老婆說。

很快就要到十月了，天健原本已經做好了準備，他想去南方小鎮玩幾天，這幾天他一直在研究《旅遊指南》，但眼下肯定是去不成了。喝完酒，天健又在沙發上躺下來，他把放在桌上的《旅遊指南》放到下面那一層，下面那層放了些茶葉和咖啡桶，還有一袋堅果。沒事的時候，天健會吃點堅果，據說這東西對血管有好處。天健躺下來，拿了幾顆堅果，一邊吃一邊開始打電話，他查了一下這支不知道是什麼人的手機上的通訊錄，一般來說，不管是誰的手機，通訊錄上的那些人手機主人總該認識。

第一個號碼馬上就打通了，這個人的語氣有點興沖沖的。

「甜心，我就猜你會打電話過來。」這個人小聲說。

天健沒說話，天健覺得對方的語氣有些怪怪的。

「甜心。」這個人又小聲說。

天健說話了，天健說：「你認不認識這支手機的主人？」

對方馬上就卡住了，喘氣，咳嗽了一聲，把電話掛斷了。

天健又把這個號碼撥了一次，電話又被接了起來。

天健把剛才的話重複了一遍。

「不認識，我不認識！你打錯了，我跟你說我不認識。」對方說。

「你不是『甜心、甜心』嗎？」天健說。對方不說話了，但手機馬上又掛了。

天健只好再撥通訊錄上的第二個號碼，電話響了幾聲，被接了起來，對方小聲說：「好傢伙，有點晚了吧？我都回家了。」

天健沒吭聲，因為對方的話一句接著一句。

「她在洗澡呢！不過我可以溜出來，我們可以在車上。」電話裡的男人說。

天健這才開了口：「我想問一下，你是不是認識這支電話的主人？」

電話那端一下子就卡住了，可能是被嚇了一跳。

「你認不認識？」天健說。

「什麼事？你是誰？」對方說。

「你認不認識機主？」天健說。

「不認識，你打錯了！」電話裡的男人說。

「那你解釋一下，這支手機上怎麼會有你的電話號碼？」天健說。

「你搞錯了吧？我的電話很多人都有。」對方說著，把電話掛了。

「有意思！」天健開始覺得這支不知怎麼就落到自己手裡的手機不是普通的手機了，接電話的兩個男人一開始都那樣，有一個還「甜心、甜心」，到後來忽然都說不認識，這手機恐怕不是一般人的手機。天健感覺到了，手機的主人不是一般人，這幾通電話也太曖昧了。

天健又找到一個號碼，他又開始撥，接電話的又是一個男的。

「你講話。」電話裡的男人說。

天健沒說話，因為這個男人馬上又接著說：「我們還沒完呢！還在喝。」

天健覺得這通電話很有意思，都快十一點了，還有一群人在喝酒。

「你是不是想我了？」這個男人在電話裡小聲說，說他已經從房間出來了，在走廊裡，「你什麼意思？是不是想讓我現在立刻過去？你說話啊！」

天健不說話，他想聽聽對方還會說什麼。

「我一聽你的聲音下面就起來了。」對方又說。

天健覺得這通電話可真是太那個了，但這樣的對話不宜再聽下去，天健把手機關起來了。直到這時，天健才忽然察覺這支手機一定是哪個女人的。這時候手機又響了，是剛才那個男的。

「怎麼斷了？你告訴我，你在什麼地方？」天健又把電話掛了，天健不願知道這種事情，雖然他好像已經明白是怎麼回事了，但這時手機又響了，還是剛才那個男的。

「怎麼又斷了？」這個男的說。

「你是不是認識這支手機的主人？」天健開口講話。

電話那頭的男人明顯一下子就慌了，也許他根本沒想到打電話給他的會是個男人。

「不認識，我不認識。」電話裡的男人馬上說。

「那這支手機上怎麼會有你的電話？」天健說。

「我不認識，不認識。」這個男的說著就把電話掛了，但手機馬上又響了，還是那個男的，他在電話裡結結巴巴解釋了幾句，「我真的不知道你在說什麼，這支手機是我今天剛拿到的二手貨，因為手機裡還有一點餘額，我打算把它用完了再換卡，我不認識你那支手機的主人。告訴你，我這支手機跟我也沒有關係。」說完，電話就掛了。

天健笑了笑，搖了搖頭。天健想和這個男人開開玩笑，又把電話打了過去，但這次沒有人接，後來再打，手機已經關機。天健站起身，他開始覺得這支手機好玩了起來，真想不到會有這樣一支手機落到自己的手裡。天健去了一下廚房，把那瓶石榴酒提了過來，他還想再喝點，他不想用杯子，那樣一來他還得洗杯子，天健就用嘴對著酒瓶喝。然後繼續打電話，這時候已經快十一點半了。

這一次，電話又通了，是個男的，聲音有點含糊，但馬上就清晰了起來。

「我在看電視，也太晚了，你要過來嗎？」電話裡的男人說。

氫氣球

天健不說話，他知道自己這時候不應該說話。

「現在計程車很好叫，不然你過來？」電話裡的男人說，他說他剛才洗了個澡，準備要睡覺了，現在什麼都沒穿，裸睡。

天健還是沒吭聲，但天健很想笑，他想像一個男人躺在床上，一絲不掛，聽聲音是個年輕人。

「你怎麼不說話？」這個男人在電話裡說。

「我要是說話，你就會怕了。」天健突然說。

對方果真一下子就閉嘴了。

「你是誰？」過了好一會兒，對方說。

「你是不是認識這支手機的主人？」天健說。

「不認識。」電話裡的年輕男人馬上說。

「那這支手機裡怎麼會有你的電話？」天健說。

「我哪知道，」電話裡的男人說，馬上又補了一句，「我不認識。」

「你先回答我的問題，這支手機裡怎麼會有你的電話？」天健說。

「我不認識！」對方好像生氣了。

「你說清楚！」天健覺得應該和對方玩一玩。

「你是誰?你告訴我你是誰?」對方說。

「你是不是認識這支手機的主人?你現在什麼都沒穿，你最好穿上衣服再說話，你總不能一絲不掛過來。」天健又說。

「你是誰?」對方又說，聲音有些顫抖。

「你說過你要她搭計程車過去。」天健又說。

「我以為是、我以為是……」電話裡的男人慌了，不知該說什麼，人一急都這樣，緊接著，電話裡沒了聲音。

天健把酒瓶子從手邊提了起來，他坐起來喝了一口，天健把手機放在鼻子前聞了聞，隱隱約約，天健聞到一種化妝品的香味。天健就那麼坐著，想了一會兒，外面又下雨了，雨砸在窗玻璃上，很響。天健看著窗外，忽然覺得這件事情已經很無聊了，或者又可以說很有意思了，這支手機是怎麼出現在自己購物袋裡的，天健一點都想不起來。這支手機的主人是個什麼樣的人，天健覺得大致有個模樣了。但這也只是猜測，不管是什麼人，手機現在對一個人來說真的很重要，明天，應該找到這支手機的主人，把手機還給人家。

「我才不管他們做了些什麼！」天健對自己說，酒很好喝，因為這種酒的度數不高，喝一瓶對天健來說沒什麼。

這時候天健聽到了廁所裡有動靜，廁所沒開燈，天健嚇了一跳，走過去，開了燈，天健看見自己老婆摸黑坐在馬桶上。

「妳怎麼不開燈？」天健說。

「你在跟誰講電話？」天健的老婆說，「你別老是想這件事，人都會有這一天。」

天健想跟自己老婆說說手機的事。

「你別擔心，醫院那邊如果有事他們會打電話。」天健的老婆又說。

這時候那隻貓過來了，在廁所門口探了一下頭，又無聲無息地不見了。

「我也該睡覺了。」天健說。

「再不睡你又要睡不著了。」天健的老婆說。

「我要是睡不著，我們就繼續。」天健說。

「給我一根菸。」天健的老婆說。天健把菸遞給老婆，看她坐在馬桶上吸菸，她上大學的時候就會抽菸了。

「人活著其實是在做噩夢，天康這回不知道能不能撐過來，其實能撐過來更糟……」天健的老婆說，說自己的右耳這幾天好像又聽不清了，都是上次游泳游的，好像是進了水。

「游泳的時候最好不要揉耳朵。」天健說。

這時候那支手機在沙發上響了起來，「嗚嗚」，只響了兩下，馬上就停了。

「不會是醫院那邊有事吧？」天健的老婆說。

天健站在那裡，他覺得自己有必要把手洗一洗，他就把手洗了一下，然後把手伸過去，摸了一下老婆的臉。天健的老婆坐在馬桶上，也抬起手來摸他。

「明天，」天健的老婆說，「你馬上就要過三十五歲的生日了。」天健把手抽了回來。這時候那支手機又響了，天健覺得自己應該睡覺了。他過去把那支手機關了，他聽見老婆在廁所沖水的聲音。天健拿著那支不知是誰的手機，還是想不清它到底是怎麼落在自己購物袋裡的。放下手機，天健又去洗了手。天健今天已經洗了好幾次手了。

天健覺得自己有麻煩了，昨天晚上又是一夜沒睡好，他知道自己是被那支手機弄的。早上起來去廁所洗臉，那支手機就開始響，而且響個不停。天健接了起來，是昨天那個口氣很粗暴、自稱是派出所的傢伙，還沒等他說什麼，天健就把電話掛了。這真是一件麻煩事，簡直就像一塊心病了，天健怕那支手機響，卻在心裡時時刻刻等著它響。天健想在這支手機的通訊錄裡找幾個電話號碼，再試著打一下，但早上的事太多，醫院那邊還不知道怎麼樣了。天健想好了，或許上班前就把這支手機交給社區的派出所去處理，他們愛怎麼辦就怎麼辦，這樣自己就省事了，這支手機也跟自己無關了。但天健還是忍不住想聽到有人打電話過來，說實話，這支手機太有意思了，起碼是向天健透露了某種資訊。天健想：或者……自己再試著打幾通電話？看著那支手機，天健又有點發愣，問題是，它是怎麼跑到自己購物袋裡的？天健想好了，從現在開始，到八點半，要是再沒有電話打過來，或者聯絡不上手機的主人，他就會把手機交給社區門口的派出所，讓他們去處理，然後自己就要去醫院了，但願天康沒事。

天健早上習慣在菜市場那邊的餛飩小店吃早餐，那邊很熱鬧，早上的時候什麼都有賣，所以天健才喜歡到這個地方吃早餐，順便把要買的東西買回去。吃早餐的時候，天健總是來一碗餛飩、一份燒餅，再加一顆荷包蛋。早餐天健一般比較喜歡吃中式餐點，晚上就來點吐司乳酪什麼的，還有咖啡。天健把餛飩端到嘴邊的時候，手機突然響了，為了防止別人聽到，天健把手機設了震動，餛飩很燙，正好可以讓它涼涼。天健接了這通電話，希望昨天有人傳了話，希望這通電話是手機的主人自己打過來的，想不到，電話那頭的人一下子就生氣起來，很嚴厲，是那個自稱是派出所的人。

「你說，你在什麼地方？」電話裡的這個人說。

還沒等天健回答，對方又開口了：「你說，你想做什麼？」

天健倒沒話了，不知道該說什麼了。

「你憑什麼這麼說話！」想了一下，天健也大聲說，一邊在心裡對自己說，根本就沒必要跟一個自稱是派出所的陌生人生氣。

「你叫什麼？」對方咄咄逼人。

「你是誰？你找誰？」天健壓著自己的怒火。

「我是派出所的，有人報案了，你老實一點，馬上來一趟。」對方說。

「報什麼案！」天健說。

「你這支手機是怎麼來的，你老實說！」電話裡的人說。

這句話讓天健很火大，天健想起昨天晚上那一通又一通的電話，都夠曖昧的。

「我倒想問你是手機裡的第幾號人物！」天健說。

對方不說話了，但馬上接著說：「你老實點，你最好馬上過來一趟。」

「你在這支手機裡排老幾？你算老幾！」天健一下子就生起氣來。

「就怕出了事你吃不了兜著走。」電話裡的聲音小了點。

「出什麼事？我倒想知道你和這支手機的主人是什麼關係。」天健說。

對方不說話了，天健聽見電話裡好像有一壺水開了，過了一會兒天健才明白是對方在喘氣，「你敢對我這麼說話！」

「我會把這支手機上的號碼都查一下，到時候跑不掉的是你。」天健說。

「我馬上就會用定位系統找到你。」對方說。

「你是怕我找到你吧！」天健說。

「定位系統不難找到你，你跑不了。」電話裡的人說。

「你把我當作什麼人啦！」天健更生氣了。

「告訴你，用定位系統找到的人都不會是什麼好人。」電話裡的人說。

天健其實已經拿定了主意，這支手機，就算找不到失主也不能交給社區門口的派出所了，到時候還不知道會有多少麻煩。

「告訴你，我馬上就會用定位系統找到你，到時候你麻煩就大了。」電話裡的那個人又說。

「我要是讓你找不到呢？」天健說，人已經站了起來，衝出了小吃店。

「你就是隻蟲子我也能找到！」對方在電話裡咆哮。

「我要是讓你找不到呢？」天健繼續對著那支手機說，音量更大了。一個主意已經在天健心裡形成了，因為天健總是在這個地方吃早餐，他對這一帶太熟悉了。天健衝出去時，已經把小吃店東邊賣小玩具的那攤的幾顆氫氣球拿到了手裡。

「我要是讓你找不到我呢！」天健再次對著手機大聲說，他是真的生氣了，他把那七八顆氣球綁在了一起，又要了一捲膠帶，好了！只一會兒工夫，那支不知道怎麼就落到天健手裡的手機就被膠帶固定在了那七八顆氫氣球上。

「你就好好用你的定位系統找吧！」天健對手機裡的那個人說。

「我要你找！」天健又說。

「我馬上就會找到你。」電話裡還在說。

「我讓你找！」天健說，把手一鬆。

「你找吧！」天健又說。

「讓你找！」天健說。

氫氣球一下子就飛了起來，要是一兩顆氫氣球綁在一起也許還會慢點，七八顆氫氣球綁在一起就飛得很快，它們快速地飛起來，飛起來，很快就在天上變成了一團很小的花花綠綠。

再回到小吃店坐下來的時候，天健開始吃他的餛飩，才吃兩口，天健忽然笑了起來。這幾天以來，他還沒這麼開心過，天健又跑了出去，仰起頭朝天上看。有什麼掉在他的臉上，小吃店門前的那棵樹上的樹葉黃了，有落葉從樹上飄下來。

「刮大風的時候千萬別倒了。」天健說。

他身邊有幾個人在買魚，沒人聽見他在說什麼，也沒人知道他在抬頭看什麼，更沒人知道有支手機正在天上飛。

驚夢

王查理的朋友裡面，喜歡坐飛機的幾乎沒有，王查理對飛機的態度是能不坐就不坐，如果有高鐵的話。從北京到海口這一趟航班，王查理自己也不知道飛過多少次，幾乎每次都是陪著母親。王查理的女兒是母親一手帶大的，後來女兒大學畢業就留在那邊當電視編輯，所以王查理總是陪著母親飛到海口去看她的孫女。糟糕的是，北京往海口的飛機總是晚點或延誤，王查理也說不清在這個機場延誤過幾次飛機了，每次王查理都在心裡默默說：「這次可不要延誤，這次可不要延誤。」雖然延誤的好處是可以吃到品質比較好的免費便當，但誰會為了吃一個便當而在機場待上七八個小時或更久。

外面這時候又開始下雨了，候機大廳的玻璃「嘩嘩啦啦」一片響。王查理抬起頭，天空是那種鐵灰色，許多小說家喜歡用「鐵灰色」來描寫大雨將至的天空。候機大廳的玻璃要多大有多大，幾乎可以看到整片天空，這時的天色變化很快，已經是接近黑或者越來越黑了。這樣的天氣飛機注定是不能起飛了，那麼就希望這場雨趕快過去，希望它快來快走。

王查理慢慢吃著手裡的便當，一邊吃一邊看著天空，一邊還會用手指按按那顆牙。王查理前面那顆牙不行了，前不久打籃球被撞了一下，所以他現在吃飯總是很小心，深怕吃快了會不小心把那顆牙齒碰下來。他希望那顆牙齒自己會慢慢再固定住，醫生說有這種可能，有時候一顆牙齒被碰了一下，搖動了，看起來快要掉了，但過一段時間又奇蹟般地回復了。

王查理不想吃了，他看著手裡的盤子，盤子分了幾個格，一個格子裡是米飯，一個格子裡是紅紅的叉燒肉，也只是幾小塊，另一個格子裡是一大塊魚，然後還有蔬菜，王查理把肉和魚都吃了，菜卻剩下。王查理說自己是肉食動物，從小就不太喜歡綠色蔬菜，所以只吃了兩口。王查理決定不再吃，他看看兩邊，然後拖著行李箱去了後面，後面那排椅子旁的垃圾箱都快滿了。然後，王查理又坐回原處，多少年來，飛海口的登機口總是在十號，幾乎沒變過。

王查理從口袋裡取出了那本書，他喜歡這種銀灰色封面的小開本，他想靜靜地看一會兒書。這是一本專業書，講心理的，王查理是心理醫生，所以他一直很留意這方面，但王查理沒看幾行，眼睛就有點睜不開了，他覺得很睏，很想瞇一會兒，這幾天他總是睡不好，因為他總是半夜爬起來看世界盃足球賽，一邊看一邊還會吃點東西，也不過是一杯紅茶或是一小塊那種叫作蕎酥的甜點。王查理把書放下，想閉上眼稍微歇會兒，也就是這時候，他左邊什麼地方猛地響了一聲，這響動把王查理嚇了一跳，他睜開眼，有好幾個人都朝那邊衝了過去，像是出了什麼事，王查理朝那邊望了望，決定過去看看是不是有人暈倒了，或者是什麼人發了病需要急救。

王查理站起來了。王查理上醫科大的時候根本就沒想過自己會去當一個心理醫生。也沒想到心理醫生居然要有十分好的口才，而且因為工作的關係，還會時不時深入到某位患者的私生活裡面去。王查理覺得自己也許再過若干年會去當一個作家，把自己的患者放在一起寫成小說。王查理朝那邊走過去，把擋在他前面的人輕輕推了推，請他們給自己讓開一下，這麼一來，王查理就站到了前面。因為王查理站到了前面，所以他很容易就看到了那個年輕人，對方正背對著自己，年輕人的頭髮有一部分染成了黃色。這個年輕人這時猛地抬起了腿，「嘭」的一聲，年輕人的腳一下子就踹在了一個人的身上，被踹的那個人猛地往前一撲。王查理雖然站在年輕人的後面，但還是能看到被年輕人一腳踹倒在地的是個老太太。「啪」的一聲，這時候年輕人又舉起了手，手落下來的時候，王查理才明白是那個年輕人在打老太太耳光。怎麼回事？怎麼回事？又是「啪啪啪啪」接連幾下。王查理要喘不過氣來了，這真是件讓人氣憤不過的事，一個好手好腳的年輕人打一個那麼老的老太太。也只是停了片刻，那個年輕人再次對著老太太揚起手來的時候，王查理聽到了自己的尖叫，可怕的尖叫，這尖叫實在是太可怕了。那個被踹倒在地並被年輕人頻頻搧耳光的老太太，竟然是王查理的母親。

王查理一下子坐了起來，滿臉都是汗，身上就更不用說。王查理剛才的尖叫實在是太可怕了，坐在他周圍的人都被他的尖叫聲嚇了一跳，大家都很吃驚地看著他，王查理這才明白自己其實只是做了一個夢，一個讓他很吃驚的夢。王查理的母親已經去世快一年了，在此期間，他很少夢到母親，而讓他想不到的是自己居然會在候機廳裡夢到母親。怎麼回事？到底怎麼回事？王查理站了起來，因為力道太猛，他身體歪了一下，把正在充電的手機碰掉摔在地上。王查理的臉色在那一剎那變得很難看，他朝那邊看過去，剛才那幾個人就是朝那邊跑。也就是在那個地方，現在安安靜靜坐著幾個人，那幾個人誰都不跟誰說話，都在看自己的手機。就在那個地方，就在剛才，那個頭髮被染黃了一部分的年輕人一腳把母親踹倒在地。怎麼回事？這太不像是夢了，夢不會這麼真切，究竟發生了什麼事？為什麼會有這樣的夢？那個年輕人去了哪裡？即使是夢，那個年輕人也無法讓人饒恕。

「殺了他。」王查理說。

旁邊的女孩正在看手機，聞言馬上換到另一邊去了。

「我要殺了他。」王查理又說。

又有兩個人挪了一下，坐到離王查理遠一點的地方。

王查理又坐下來，他能感覺到自己在抖，手在抖。

王查理看看左右，覺得自己最好能找個人說說話，否則，也許自己會被憋壞，這個夢太過刺激，太讓人受不了。王查理看看左右，擦了擦汗，或者……馬上再睡，繼續睡，繼續做那個夢，在夢裡找到那個年輕人，把他殺了。

「殺了他，殺了他，殺了他。」王查理聽見自己在心裡說。王查理把礦泉水瓶拿過來，用力轉了一下，手還是有點抖，他喝了兩口，又站起來，又朝那邊看，怎麼回事？怎麼回事？怎麼會做這樣的夢？那邊現在安安靜靜，坐在那邊的人都

驚夢

在安安靜靜地看手機。在這個世界上，人們彷彿最關心的就是手機，最愛的也是手機，如果手機可以和人做愛，人們幾乎可以不用結婚。接著，王查理又坐下來，開始打電話，打給他的愛人，一個海鷗研究中心的研究員，王查理對愛人說這個可怕的夢，說夢中的情景。王查理很激動，有點語無倫次，又說外面的雨，說航班延誤，說自己也許馬上要再睡一下，既然飛機一時半刻根本就不會起飛，自己要在夢裡找到那個年輕人。

「殺了他！」王查理對著手機說。

「不過是個夢。」手機裡，王查理的愛人笑起來。

「我要殺了他！我要在夢裡殺他一回。」王查理說。

王查理旁邊的那個老人看著王查理，把報紙對折了一下。

王查理開始翻自己的包，裡面有洗漱用具，有一雙拖鞋，還有一個小袋子，袋子裡面全是藥丸，王查理出門總是帶著安眠藥，他睡眠品質不是很好。王查理想好了，就再睡一覺，如果睡得著，也許會繼續延續那個夢，也許這樣自己真的可以在夢裡找到那位年輕人，有可能……一定要把他給殺了。王查理把手裡的兩顆白色藥丸吞了下去，吃過藥，王查理閉上了眼睛，他讓自己不要想別的事，只想剛才做的那個夢，王查理是學心理學的，他知道這樣有助於自己回到剛才的夢裡。

還是今年五月，那天，王查理的母親要去廣場，她們老年合唱團有個演出要在五角星廣場進行，所以那幾天她們天天都要去那邊練一下，和她一起去的還有另外兩個老太太，她們簡直是已經無聊到非要唱歌不可。她們的歌聲已經嚴重影響到廣場一帶人們的正常生活秩序，但她們不唱不行，一旦有人出面干涉，她們就唱得更起勁也更賣力。王查理的母親，還有另外兩個老女人，她們從社區北邊那個大門出來就朝東邊轉了過去，走不遠，她們再朝北轉，過了那條馬路，對面就是超市，從超市的後面去廣場是條捷徑。就在往東轉的時候，王查理的母親忽然倒了下來，是一輛在人行道上亂竄的機車把她撞了一下。王查理的母親朝右側猛地倒下去，頭部正好在花池的邊緣上撞了一下，她「啊」了一聲，幾乎整個身體一下子就撲到了花叢中，旁邊的人只能看見她的腿在動，但她很快又奇蹟般地從花叢裡爬了出來。那個騎車的年輕人，頭髮的一部分被染成了黃色，後來據現場的人們努力回憶，也只能記起這一點。那個年輕人看王查理的母親似乎沒什麼事就走了。結果晚上就出了事，雖然接下來王查理的母親還是去了廣場，但她一句也沒唱，她一直覺得頭暈噁心，後來就突然一下子倒在了地上，再後來她就被送到了醫院。

在王查理母親住院的時候，王查理的女兒從海口急匆匆趕回來了，她一進病房就問王查理：「奶奶怎麼還沒醒來，不是說沒事嗎？」說話的時候，包還在她肩上背著，一個包兩個包三個包：一個包裡是攝影機，那種小型的；一個包裡是答錄機，那種大型的；另一個包裡全是化妝品，各種化妝品。王查理對女兒說：「都檢查了，不會有什麼事。」那幾天，王查理的同事也不停地對王查理說：「應該不會有什麼事，只不過是輕微的腦震盪，明天應該就能醒來了，只不過醒來後頭會很痛。」

但一個星期很快就過去了，醫院又替王查理的母親做了一次頭部CT，仍然沒有醒轉的跡象。

「不應該總是這麼昏睡啊！」王查理對神經科的孟醫生說。他們是好朋友。

「會醒的，也許馬上就會醒來了，不會有什麼事的，」孟醫生甚至勸王查理他們都先回家休息，「有什麼事就打電話給你們。」

那天晚上，王查理還真回了家，還好好洗了一個澡，用了些浴鹽，浴鹽的味道很好聞，但就是讓眼睛有點受不了。

王查理洗澡的時候手機響了，是女兒從醫院打過來的。

「是不是醒過來了？」王查理馬上問。

「沒有……怎麼還不醒？」女兒小聲地在電話那端說她擔心會出什麼事。

「神經科的醫生都很有經驗，他們說沒事就會沒事，也許馬上就要醒了，」王查理對女兒說，「只不過是輕輕撞了一下。」

王查理和女兒說話的時候能感到自己心裡很慌，但他也只能對女兒這麼說。那幾天，王查理還準備去岳陽開一個會，那邊的機票早就已經訂好了。王查理喜歡坐在靠走道的座位上，他想好了要提早去機場，要選一個靠走道的座位。但王查理沒有去成岳陽，雖然他為此還查了不少關於岳陽的資料。

「也許馬上就會醒來了，也許馬上就會醒來了。」王查理對女兒說。

就在第二天，王查理的母親卻突然去世了。去世之前，王查理的母親突然睜開了眼，但圍在她旁邊的人都知道她其實什麼都看不到，或者她在看別人看不見的什麼東西。那種眼神讓王查理永生難忘，王查理抱著母親，看著她又慢慢閉上了眼睛，緊接著長吁了一口氣。這口氣出得很長，那情景，不是長吁一口氣，倒像是一個盛有氣體的袋子突然破了，袋裡的氣不停地跑出來，人就一下子癟了。

「想不到……想不到，從片子上看，真的一點事情也沒有。」孟醫生摟住王查理的肩膀要他不要過分悲傷，連連說真是對不起，片子上真的一點事都沒有。他還和王查理握了一下手，很用力地握了一下，然後就從病房走了出去。剩下的就是護理師們的事了，她們很熟練地把那些吊在床頭的瓶子和其他東西都取了下來，當然沒有忘了把氧氣開關也關上。

期間，王查理就一直坐在那裡，一動也不動。那一刻只有耳朵還是他的，有人從病房走廊跑過去了，又有人走過來，腳步很輕快，又有人跑過去了，還尖叫了一聲。王查理就一直那麼靜靜地坐著，好像是在等著母親醒來。

「我能為你做點什麼事嗎？」

那個孟醫生又出現了，已經到了交班的時候，他把什麼東西塞到王查理的手裡，他們是多年的同事又是好朋友。王查理此刻好像已經變成了木頭人，坐在那裡一動也不動，孟醫生只待了一下就離開了，這種情況他見多了。孟醫生離開的時候王查理才動了動，有什麼從王查理的手裡掉了下來，是孟醫生剛才塞到他手裡的那一疊鈔票。也就是在這一刻，王查理覺得自己很餓，忽然很想吃東西，他已經有好幾天沒有吃過東西了，但王查理覺得這不是吃東西的地方，也不是吃東西的時候，他就依舊那麼坐著。病房外面，依舊是有人過來，有人過去，又有人過來，又有人過去……好像這個世界上什麼事都沒有發生過一樣。王查理忽然跳了起來，他覺得自己非吃點什麼不可了。

醫院對面有幾家餐廳，王查理坐在一家餐廳裡狼吞虎嚥，滿臉是淚，一口接一口地往嘴裡塞東西，有幾次他被嗆到了，但他還是不停地往嘴裡塞。那家餐廳裡的人認識他，破例為他上了一盤免費的水果盤，水果盤裡是幾片哈密瓜，幾片柳丁，還有兩片西瓜，接著，服務員又替他倒了一杯水。

「我要殺了他。」王查理突然說。

旁邊正好有人朝這邊看，馬上把目光錯開。

「機車本來就不該上人行道，我要殺了他。」王查理又說。

有人站起來，看看王查理，離開了。

餐廳裡的人都盯著王查理，他們都很不安，他們很少能看到這種場面，一個人一邊吃飯一邊流淚。這種事畢竟太少了，一個人傷心的時候是不應該吃飯的，在這種時候吃飯是會得病的。人們都不知道發生了什麼事。

驚夢

候機廳外面的雨還在下著，而且越下越大。王查理坐在候機廳裡可以看到停在外面的飛機機身上的雨霧，整架飛機像是在冒白煙，像是在燃燒，王查理想不讓自己看那架飛機都不行。吃過藥，但睡意一時半會兒還沒有降臨，王查理很難把自己的眼睛閉緊，他明白那顆安眠藥的藥效還沒有正式發作，所以自己暫時還睡不著。但王查理想讓自己覺得自己其實已經睡著了，所以那架飛機在他的眼裡才冒著滾滾白煙，這情景也只能在夢裡看到。

一隻比較大的鳥，紅色的喙，黑色的羽毛，落在了候機廳外面的鋼架上，牠正在整理羽毛，一般來說機場很少能夠見到鳥，但這隻鳥就落在了玻璃外面的鋼架上。雨實在是太大了，牠無處去，牠也許被淋溼了，溼透了，所以在那裡不停地整理著。王查理希望自己趕快睡著，睡、睡、睡、睡，王查理在心裡命令自己，讓自己的腦海裡努力去想那個頭髮被染黃了一部分的年輕人。這時候，離剛才的那個夢還沒過多長時間，就好像一個人走路，停了一下，馬上快走幾步也許還能趕上。而與走路不同的是，王查理是要趕到剛才的那個夢裡去。夢是什麼，夢就像是一間屋子，如果說它不像是一間屋子，那它起碼應該像是一扇門，只有進了那扇門，你才可以看到一些你根本就想不到的東西和場景。但一般人很難找到這扇門，睡覺或者做夢是很難由人控制的，你想睡，未必能夠睡著；但你不想睡時，卻偏偏馬上就能睡著，夢更是如此。沒有人能夠規劃自己的夢，你想做什麼夢，那個夢卻偏偏不會出現；你不想做什麼夢，這個夢卻偏偏會一下子就出現在你的面前。王查理吃了安眠藥，想馬上就睡著，其實他自己也明白這不是想睡著，而是想去追趕，追趕夢裡那個頭髮被染黃了一部分的年輕人，要是追上，王查理覺得自己會先一刀直刺過去，然後再說別的。雖然吃過藥，雖然想讓自己睡著，王查理卻偏偏睡不著了。雖然王查理半閉著眼睛，雖然王查理自己在對自己下命令，但腦子卻越來越清醒，這讓王查理很惱火。王查理又坐起來，他把放在自己身邊的瓶子拿過來又喝了一口，水忽然變得很難喝。王查理覺得自己正一點一點把自己弄得火大，如果這時候有誰說句什麼，或有誰給自己一個不太好的眼神，王查理很有可能會一下子發作起來。

王查理看看周圍，人們都很安靜，大部分都在看自己的手機。

王查理忽然很想找個人說說話，他覺得那個夢快要把自己憋死了。王查理往左邊看看，是一個年輕人，也正在看手機；王查理又往右看看，是一對情侶，靠得很緊，正在看同一支手機，好像看到什麼有趣的東西了，兩個人同時笑了一下。王查理覺得自己真應該找個人說說話，直到自己能夠睡著。王查理很想說話，但顯然沒人會聽他說話也沒人願意和他說話，人們對自己的手機更感興趣，或者可以說對他們自己更感興趣。王查理覺得很憤怒，他又朝那邊看看，看看那個夢中之地，那個把頭髮染黃了一部分的年輕人就在那地方把母親一下子踹倒，隨後又連連搧母親的耳光。

王查理站起來，朝那邊看看，長吁一口氣。

「我要殺了他！」這句話從王查理的齒縫間被說了出來。

王查理想讓自己睡著，既想要把剛才的夢接住，又想要在夢裡找到那個年輕人。臨躺下的時候王查理又看了看候機廳外面的天空，天色可真黑，雨下得還很大，這樣的雨，任何飛機都沒辦法在天上飛。但無論是左邊的人還是右邊的人，都沒有和他說話的意思。王查理又把自己的那個小包取出來，打開，又從藥瓶裡取了兩小顆安眠藥，這是他今天吃的第四顆安眠藥。

然後，王查理閉上了眼睛。

「這下子應該能睡著了吧！」

王查理對自己說此刻還不晚，離那個夢還不遠。

救護車把王查理從機場拉出來的時候，外面的雨已經停了，王查理還沒有醒來。因為去海口的乘客們都已經登了機，因為廣播裡一遍又一遍地宣布飛往海口的飛機馬上就要關艙門，人們這才發現了躺在候機廳椅子上的王查理，但無論人們怎麼推、怎麼喊都弄不醒他，所以救護車很快就到了。王查理一直在沉睡，他在睡眠之中什麼都沒有看到，而當他睜開眼醒來，卻已經是第二天晚上的事。

「嚇死我了。」

王查理聽到的第一句話是他愛人的一聲尖叫。

六戶底

怎麼說呢，村子就是那麼個村子，遠遠望去就像是睡著了，是那樣的安靜，村子實在是太小了，只有七戶人家，村名卻叫「六戶底」，可見現在比以前還多出了一戶。

秋天來了，莊稼都收了，田裡什麼也沒了。紫皮的和黃皮的山藥早就收割了，也下了窖了，它們要在窖裡好好睡一冬；豆子連莖一捆一捆地被人們收走了；還有高粱，都被齊根割走；玉米也一樣，先掰中間的棒子，然後再把玉米秸收回去。但山坡上還有一大片玉米秸孤零零地立在那裡，那是四如家的玉米田。雖然玉米早已經被四如收走了，但那一大片玉米秸也得像往年一樣被收回去啊！它們用處可多著呢！餵牛餵羊或者可以當柴火燒……是誰說可以當柴火燒的？瞧這話說的，難道玉米秸就不是柴火嗎？玉米秸是天底下最好的柴火啦！用它們燒火旺著呢！

遠遠的秋風啊！真的是從遠遠的地方吹過來，但四如家的那片玉米田發出的「嘩啦嘩啦」的聲音讓人聽了真是難過。它們像是在對人們說話，對誰說？當然是在對四如說，四如把它們種下地，從春天忙到現在，那些玉米們幾乎隔沒幾天就會看到四如一次，有時候還會有四如的老婆。四如來了，來上肥了；四如來了，來把它們又鋤了一遍；四如來了，把每棵玉米都輕輕搖了搖，讓它們花穗上的花粉往下撒落。

天氣是那麼的熱，四如把衣服脫了，在田裡光著臂膀走來走去，還和玉米們說話，說什麼話？說你們都給我聽著，你們都得加把勁，你們都得給我好好長，別讓我丟臉。還說你們都給我聽著，都給我多長點，長一尺多長才算是玉米，別讓六戶底丟臉。

快到秋天的時候，四如還上來掰了一回玉米，每一根青玉米被掰下來的時候都會發出「咕吱咕吱」的聲音，那是它們不滿意，說它們還沒長好呢！還沒變成金黃金黃的棒子呢！怎麼就掰了呢？是因為有人要吃嫩玉米，所以四如就來掰它們了。玉米們也看得出四如好心疼那些被掰下來的青玉米，四如不停地說：「還沒長好呢！還沒長好呢！對不起，對不起。」四如用手量量掰下來的玉米，似乎大吃了一驚，說了句，好傢伙！後來四如就在玉米田裡撒了一泡尿，四如這泡尿撒得真是公平，他把身體往這邊扭扭，再往那邊扭扭；往那邊扭扭，再往這邊扭扭，他是想在每棵玉米上都撒點。四如一邊撒尿一邊說：「我可不偏心，你們都是我親愛的玉米。」緊接著，四如做了一件真是讓玉米們都感到羞愧的事。撒完尿，四如低下頭做什麼？他是在看自己的傢伙呢！光看還不夠，還用手比了一下，又比了一下旁邊的玉米穗子。四如笑著露出了一口潔白的牙齒，好像是害羞了。四如自己對自己說，又像是在對玉米說：「好傢伙，可真是比我的大多了！」瞧這話說的，幸虧周圍沒有別人，幸虧四如的老婆也不在，要是四如的老婆在，四如還不得挨罵？但話又說回來，四如的老婆就是在也不會罵四如，就像那一次，四如夫婦剛剛成親，他們在田裡鋤玉米，天氣很熱，四如把衣服脫了，光著身體，那時候玉米還沒高過四如，鋤著鋤著，四如忽然就轉過身一把將老婆抱住了。

四如老婆說：「這可是在田裡！」四如說：「我就要在田裡。」

四如老婆說：「這可是我們的玉米。」四如說：「我怎麼不知道這是我們的玉米。」

四如老婆說：「你小心一點，你要碰倒那棵玉米啦！」四如說：「好傢伙。」

方才一用力，差點就碰倒一棵。後來四如的動作大了，四如的老婆說：「小心我們的玉米。」四如馬上就把動作收小了。

四如老婆後來一邊穿衣服一邊說：「回家不行嗎？非要在田裡做。」四如說：「我的田就是我的床。」

四如老婆說：「下次可不能這樣了。」四如說：「那可不一定，這塊田就是我的床，我是在我床上睡覺，又不是在其他地方睡覺。」

後來四如的老婆生下了他們的第一個孩子，這件事連田裡的玉米們都知道，四如的大兒子就叫「大玉」，第二個還沒生出來呢，但四如先說了，第二個生下來就叫「二玉」。關於這些事，田裡的玉米也都知道。四如和老婆在玉米田裡做過幾次那事呢？一次，兩次，三次，四次，誰知道到底有幾次！既然玉米田就是四如的床，他愛做幾次就做幾次吧！現在，秋天來了，山坡上的田都被人們收拾得乾乾淨淨，而唯有四如的玉米田還沒收拾。那天四如來拉玉米時還說——當然是對他老婆說，過兩天我們再來一趟，田裡也就乾淨了。四如的話玉米們都懂，四如是要把它們都收回去。但四如呢？怎麼還不來？別人家田裡的玉米秸全都被收走了，四如呢？四如呢？四如家玉米田裡的玉米們「嘩啦嘩啦」響個不停，它們好像

六戶底

對四如有了意見，而且這意見大著呢！

風從遠遠的地方吹過來，天空一片蔚藍，四如家田裡的玉米秸「嘩啦嘩啦」響著，它們像是在說、在喊：「四如，四如，你快點來吧！再來看看我吧！再來看看我吧！快把我們也收回去吧！」但四如好像已經忘記它們，不管它們了，不要它們了。這真是一件讓玉米們感到不高興的事，但它們不高興又能怎樣？它們不高興也只能在秋風裡「嘩啦嘩啦」響。這聲音能傳到六戶底村子裡去嗎？能傳到四如的耳朵裡去嗎？玉米秸們好像都已經商量好了，管他四如有沒有聽到，就算聽不到它們也要喊。

秋天的風啊！也不知道從什麼地方吹來的，可能是從村子那邊吹來的吧？怎麼把吹喇叭的聲音吹過來了？六戶底有什麼活動？是誰家嫁娶，或者是在辦別的什麼事？關於這一點，山坡上的玉米們當然不會知道。但這天早上有人出現了，是三個人，他們的手裡拿著鎬和鍬，他們進了四如的玉米田，四如的玉米田的北邊有兩個土丘，土丘下面埋著四如的父親和母親。那三個人一來就開始動工了，他們在四如父母親的墳旁邊挖出一個長方形的土坑。他們挖挖停停，抽根菸再接著挖，又挖挖停停……他們看起來都很傷心，他們都不說話。挖完這個坑，他們就走了。

一天，兩天，三天，四天，五天，六天，七天，這七天之間，六戶底村子裡的嗩吶聲和喇叭聲一直沒停下來過。到了第七天，山坡上四如家的玉米田裡的玉米們都吃了一驚，一大早那嗩吶聲和喇叭聲直接朝村外響過來了，朝山坡這邊響過來了，朝玉米田這邊響過來了。四如的老婆也出現了，她被人從坡下扶了上來，穿著白色的衣服，頭上是白色的布條，眼睛紅腫得像顆桃子。四如呢？玉米秸子們當然不知道四如躺在那個大木匣子裡，被人們抬到山坡上來。而現在，四如已經躺在那個長方形的土坑裡了，土坑又重新被土填上了，不但填上，還鼓起一個大土丘。四如的那個孩子大玉還不到三歲，被大人按在四如的墳前磕頭再磕頭，大玉不願意，「哇哇」地大哭起來。旁邊的人說大玉真是個孝順的孩子，他是捨不得他的爸爸。又有人說才三歲就這麼懂事，看這孩子傷心的。大玉的確是哭得更厲害了，他被大人按著磕完該磕的頭，然後再一個一個向那些幫忙料理後事的人磕頭。

「看看這孩子多懂事，往後大家都要好好待他，就像照顧自家的孩子一樣，我們六戶底的孩子個個都是好樣的，你看大玉這孩子從小就懂孝道。」村長老了，一說話就氣喘吁吁，他對幫忙下葬的人們說了一遍，又說了一遍。

「真想不到，今年的玉米都賣了，四如卻長眠了。」有人說，說話的人鼻子像是被塞住了。

有人勸四如的老婆，說人的歲數都是天定的，也不能光說他是喝酒喝多了。

「我不該讓他一個人喝那麼多，四如說他高興，玉米都賣了好價錢，」四如老婆說，「我不該讓他去村長的小賣鋪一下子就買那麼大一箱燒酒回來……一箱子十幾斤呢，四如說能喝到天上飄雪花。」四如老婆跺著腳哭了起來：「四如看不到雪花了，田裡的玉米秸還沒收回去呢……」

村長在一旁說：「回頭叫幾個人幫妳收了，我放話出去招呼人，這個妳別擔心。」

「人的命天注定，歲數也一樣。」又有人在旁邊把這話說了一遍，說話的人說這片玉米秸大概能拉四五車，另一個人說了，五六車怕也拉不完。村長說：「都先回去吧，我等一下叫幾個人來幫忙拉，我們六戶底還不缺這個人手，我到時也會來的。」

四如的老婆又撲到土丘前哭了一回，她哭的時候別人都在一旁等她，男人們的嘴裡都冒著煙，煙的味道在玉米田裡一點一點瀰漫開，好像很好聞，又好像很難聞，忽然一下子又沒了。

秋天的風啊！忽然又從很遠很遠的地方刮了過來，玉米田頃刻間又「嘩啦嘩啦」響成了一片，它們好像也知道四如不在了，四如再也不會光著身體在田裡跑來跑去了，再也不會一泡尿這邊撒撒那邊撒撒、那邊撒撒這邊撒撒。

「走吧！天色不早了。」村長又催促說。四如的老婆這時本已停了哭，忽然又哭了起來，兩個女人過去扶住了她，四如老婆的身體軟得一點力量都沒有了，那力量都隨四如去了不知名的所在。人們魚貫出了玉米田，往山坡下走，人們離玉米田越來越遠了，有人回頭看看，擤擤鼻子，眼淚出來了，鼻子像是被塞住了。

「我們六戶底村子現在是七戶人家，應該叫七戶底了。」不知誰又說了話。四如的老婆就又哭起來。

山坡上的秋草也是黃的，它們被正午的太陽一照就更黃。這真是個好看的秋天，蚱蜢飛起來了，也就在中午牠們還能「咂咂咂咂、咂咂咂咂」飛一陣，這景象十分熱鬧。人們回頭再看看，看看四如的那片玉米田，但他們看不到那個新起的墳包，看不到此刻正在裡面睡覺的四如。

天空真是藍，怎麼就沒有一朵雲呢？

怎麼說呢，村子就是那麼個村子，因為四如的事熱鬧了幾天，現在又靜下來了。這真是少有的熱鬧，響器班一年來不了幾次，有時候甚至兩三年都來不了一次，因為這個村子真的太小了，小到沒有理由能夠讓響器班過來。但因為四如的事，響器班不年不節地來了，這都是託四如的福，可現在六戶底又寂靜了。

響器班吃完了午飯就要走，他們忙著呢，所以他們也不再吹了，各自把響器收了起來，那些幫忙的人照例也都要吃完這頓飯。在這個小小的六戶底，家家戶戶的男人們都來了，家家戶戶的女人們也都來了，家家戶戶的孩子們也都來了，還有家家戶戶的狗和雞，牠們也都來了，四如老婆的兩個兄弟也過來了。領牲時殺的那隻羊今天照例要吃掉，現在，不年不節的，燉羊肉的香氣已經在空氣中瀰漫開來了，狗的興奮感要遠遠大於六戶底的那些男人們。四如老婆的兄弟把那一大箱四如來不及喝完的酒取了出來，即使四如活著，要喝完這一大箱酒也不是一天兩天的事，也許要喝半年，也許要喝上一年。酒是從村長家開的小賣鋪裡買的，度數很高，聞一聞眼睛就被刺激得不行。六戶底也就村長家那麼一間小賣鋪，那小賣鋪裡有酒也有菸；還有醬油和醋；還有鹽和紅糖；還有線香和黃表紙；還有鈕釦和各種顏色的線團；還有電池和手電筒；還有止痛藥和鐵打的鏵犁片；如果翻一翻，還會有磨刀石。還有別的什麼東西，一下子誰也說不清楚，但村長都在心裡記著。村長雖然已經老了，但他還有一個小本子，誰拿走什麼就都記在上面。按六戶底的規矩，端午節時要結一次帳，中秋節時要結一次帳，過年時要結一次帳，也沒見過有誰賴帳。

「能喝就喝，能吃就吃。」村長說話了，此刻菜已經全數端上桌來，燉羊肉的香氣引起了聚來的狗的獸性。牠們開始互相咬，彷彿別的狗都已經吃到了好東西，便這個聞聞那個的嘴，那個聞聞這個的嘴，忽然就都生起氣來，亂咬一陣，又靜下，都看著坐在院裡的人們，等待著施捨。雞的膽子也真是大，都飛到了牆頭上，列排地蹲在上面，像小學生們在聽課，但只要其中一隻忽然走動，其他的就會跟著「咕咕大，咕咕大」地亂叫。

人們在院子裡吃開喝開，響器班的人都沒動杯子，他們吃了飯，算了錢，馬上就走了，他們還要趕路去另外一個地方吹他們的響器，他們很少這麼忙，但事情都擠在了一起。

坐在那裡繼續喝的是六戶底的那些男人，數一數，也沒幾個。不年不節的，

六戶底

為了四如的事聚在了一起，那就喝吧！四個精壯的男子漢已經把箱子裡的酒喝掉了大半，但他們還要喝。村長有了歲數，只喝了一兩口，他站起身，出去送響器班的人，一直把他們送到路邊，又送到田邊，再送到樹下，再送到另一條路邊。蚱蜢們叫著，好像也要來送，其實牠們只是想一個勁地往高處飛。

「好，」村長說，「沒下雨。」

「好，」村長說，「路好走。」

「好，」村長說，「你們再來。」

響器班子的老于，麻子臉，雙眼皮，人很風流，歲數還不算老，回過頭來說：「還不知道是什麼時候呢，過年吧？過年你們到縣裡去聽。」村長知道，響器班年年都會在辦社火的時候在縣裡吹上那麼幾天。村長手裡拎著一個小布袋，一時忘了自己要做什麼，袋子裡是山裡的那種小栗子，比砂糖還甜。村長站在那裡，看著響器班一點一點走遠，村長忽然又喊起來，他忘了把那袋栗子給老于了，老于又回來一趟，接了袋子，掂掂，離開了。

怎麼說呢，村子就是那麼個村子，遠遠望去就像是睡著了，是那樣的安靜，村子實在是太小了，只有七戶人家，村名卻叫「六戶底」。

秋天來了，莊稼都收了，田裡什麼也沒了。紫皮的和黃皮的山藥早就收割了，也下了窖了，它們要在窖裡好好睡一冬；豆子連莖一捆一捆地被人們收走了；還有高粱，都被齊根割走；玉米也一樣，先掰中間的棒子，然後再把玉米秸收回去。

這樣一來，大地都會靜下來，世界的樹啊，石頭啊，房子啊，水井啊，碾子啊都像是睡著了。但四如下葬後沒幾天，六戶底又再次熱鬧起來，但這熱鬧也只是響器的熱鬧，人們卻不再覺得熱鬧。有人從坡下上來了，抬著四個大木匣子，他們一開始都走在一條路上，上了山坡後就各自默默地分開了。他們各自去了自家的田裡，各自把大木匣子埋在了自己的田裡。六戶底的人們都說可不能再死人了，再死人，明年的田還讓誰來種。但沒人說喝酒的事，喝酒能把人喝死嗎？這種事誰都沒聽說過。

六戶底的村長真的老了，他那間小賣鋪忽然關門了，人們忽然到處找不到村長，這時天已經很冷了，雪下了一場又一場。人們早上起來推不開門，雪把門都堵死了，人們只好從窗戶跳出去。雞和狗都被雪封在了窩裡，牠們著急不已，都在悶聲悶氣地叫，急著要出去。雪再次融化的時候已經是春天了，人們終於看到了六戶底的村長。他在山坡的玉米田裡坐著，他坐在那裡，一動也不動，身邊是那個放酒的箱子，大雪把他埋了整整一個冬天，他永遠也醒不過來了。

春天既然來了，人們又要下田種玉米、種山藥、種豆子了，六戶底的玉米長起來的時候，夏天便到了。夏天之後是秋天，秋天之後是冬天。怎麼說呢，一到了冬天，村子還是那麼個村子，遠遠望去就像是睡著了，是那樣的安詳。如果再下幾場雪，人們都要看不到這座小小的村子了。

金屬脖套

「越安靜我就越睡不好。」喬奇對他的朋友們說。

也許是因為這個原因，喬奇特別喜歡生活在市區，他一直想找這麼個地方，現在終於被他找到了。其實西街的舊房子比別處的新房都貴，但他還是買下了一棟這裡的舊房。

舊房子臨街，這條街本來就很窄，幾乎是白天晚上都擠滿了人，這些人來自四面八方，像密密麻麻的螞蟻。他們是來旅遊的，由舉著各種顏色小旗的年輕導遊帶領著到處亂竄，他們是看，到處看，看這地方都有些什麼特產，然後就是吃，到處吃，像蝗蟲。接著是住，這地方很受歡迎的是那種價格很便宜的青年旅社。

從喬奇住的樓下的那條街往北走就是著名的江，灕江，在這一帶幾乎沒有哪條江能比這條江更有名，到了晚上那條街邊就更熱鬧，其實說街邊不對，是江邊，江邊當然有欄杆，靠著欄杆就是桌子、椅子，再過去，還是桌子、椅子，再過去，還是……那種老木頭桌、老木頭椅看起來像是有許多年頭了，其實都是新的。那些外地來的遊客們就坐在這江邊又是喝，又是吃，又是說，又是笑，吃吃喝喝說說笑笑會一直持續到凌晨三四點，背著音箱的年輕歌手會時不時停下來躬身向遊客們致意，請遊客點他們自己喜歡的歌，老歌新歌他們都來得了。他們的買賣不錯，十塊錢兩首歌，一晚上能賺不少，白天他們一般都在睡大覺，他們不是音樂家，但他們都覺得自己還算是做藝術的，白天他們總是沒精打采，一到晚上他們的精神就來了，喬奇的精神也就跟著來了。喬奇根本就不可能坐下來寫作，下面的歌聲和說話聲會傳到喬奇那裡讓他興奮不已。晚上喬奇在做什麼？他說他是在寫作，他對他妻子說他買下這裡的房子就是為了寫作，但他自從搬到這裡，連一個字都還沒寫，他想動員妻子也過來，可喬奇的妻子有她自己的事，她說她才不過來呢，她嫌下面太吵，上次過來住了兩天，幾乎都沒睡到覺。

喬奇說他把家裡裝飾得特別像個藝術家的家，這就不說了，這種事怎麼說呢？藝術家的家裡也不過是家具啊，床啊，窗簾啊，而喬奇實際上是個作家，但他和別的作家不同的地方是他還喜歡畫畫。其實來過喬奇家的朋友們都對那種種在大大小小的陶缸裡的大葉子植物最感興趣，那種大陶缸有醬色的，有紅陶的，還有黑釉的，肚子都很大，就像它們都已經懷上了喬奇的孩子。喬奇把它們都種上了大葉子植物，而這種植物總是能長得蓬蓬勃勃。喬奇把它們擺在一進門的地方，擺在樓梯上，這樣你們就知道了吧？喬奇買下的這棟老房子是兩層，兩層的南邊和北邊各有一個露臺，喬奇也在露臺上擺滿了那種種在陶缸裡的大葉子植物。喬奇還在南邊和北邊的露臺上擺上了小圓桌和老木頭椅子，朋友們來了會在這裡喝茶或喝酒。有時候喬奇會請朋友們喝特別烈的酒，一邊喝一邊天南海北地聊，順便還會看看喬奇收藏的東西，都是些比較古老的東西，雖然古老，但都是磚啊瓦啊什麼的，還有一塊墓誌銘，上面密密麻麻都是字，這塊墓誌銘放在一張很堅實的木頭架子上，喬奇平時就用它當茶桌，沒客人的時候喬奇會半靠半躺在椅子上抬頭看星星。喬奇認識幾個星座，比如大熊座、仙后座還有獵戶座，再多他就說不上來了。或者讀那本詩集，那本詩集的作者是一位女詩人，她和喬奇……怎麼說呢，還真不好說，他們好的時候就像兩口子一樣。喬奇看星星和讀詩的時候，兩隻腳就放在這塊刻滿字的墓誌銘上。

到了晚上，下面非常熱鬧，比白天還熱鬧，這種熱鬧給喬奇一種安全感。這是一座根本就沒有夜晚的城市，喬奇怕的就是安靜，多少年來，只要一安靜下來他就會感到不安。喬奇在這裡的日子過得很愜意，要是喬奇餓了想吃什麼，鞋子都不用換，穿著拖鞋下樓去就行，茶葉蛋或者蘿蔔絲餅，還有那種現炸現吃的豆腐乳，所以喬奇通常不怎麼煮飯。

喬奇對這地方是真的很滿意。有時候喬奇會混到遊客裡到處走走看看，其實他對這裡的一切都已經熟透了，但他從不覺得煩，一點都不煩。他會到那座很老的石橋上去坐一坐，那是座很小但看上去特別敦實的老石橋，喬奇第一次來這裡就愛上了這座石橋，而且還拍了照片。那時候的喬奇穿了一件很好看的淺色中式襖，為了不讓這件中式襖的領子髒掉，他裡面的黑色T恤的領子總是豎著。他還戴著遮陽帽，當然還有墨鏡，喬奇總是戴著墨鏡，有人認識喬奇半年多都沒看過喬奇的眼睛。十幾年前喬奇和那位女詩人在一起的時候，即便在床上，他也戴著墨鏡。

「你要是摘了墨鏡就不是喬奇了。」女詩人對喬奇說。

「我要是摘了墨鏡就不敢看妳了。」從那以後，喬奇更不摘墨鏡了。

很多人都很羨慕喬奇，都說喬奇活得真是滋潤，比神仙還好。

「喬老師。」人們都這麼喊喬奇，雖然他不是老師，這很怪。

有時候，喬奇坐著坐著就睡著了，別人還在說話。大家在一起吃飯的時候也一樣，他會忽然睡著，別人還以為他在聽他們說話。

「我那幾年太累了，總是睡不夠，現在是太閒了，又總是睡不著。」喬奇對朋友們說。

但喬奇的事來了。那天，喬奇忽然打了電話給女詩人。

喬奇說：「好傢伙，想不到住在人多的地方真可怕，我碰到麻煩了。」

「沒事多鍛鍊鍛鍊，別老是胡思亂想。」女詩人在電話裡說她正在寫詩。

喬奇說：「妳不在我為誰鍛鍊身體？」兩個人就都笑了起來。

「問題是有人從下面爬到我的露臺上了。」喬奇說。

「一直爬到了床上是不是？」女詩人說。

「不開玩笑，」喬奇說，「可能是小偷。」

女詩人不笑了：「這可不是什麼好事，弄不好要出大事。」

「還把露臺上的東西挪了一下。」喬奇說。

「我看你是沒睡好在亂想，你應該好好鍛鍊鍛鍊。」

金屬脖套

「又說鍛鍊！誰需要鍛鍊啦！」喬奇有點不高興了。

「睡不好覺就容易亂想，」女詩人說，「有東西他不偷，只挪一下做什麼？這說不過去。」

「我不是亂想，這跟鍛鍊身體也沒什麼關係。」喬奇說。

喬奇對很多朋友說過，鍛鍊其實就是破壞身體，所以喬奇從來都不會刻意去鍛鍊身體，比如跑步、打太極什麼的。朋友們勸喬奇鍛鍊身體，喬奇說身體還用得著鍛鍊嗎？人身上有許多東西完全不需要鍛鍊就很好用，除非它老到不能用，並且說自己鍛鍊身體的方法就是收拾家裡。朋友們都知道喬奇是個愛乾淨的男人，喬奇每天起床第一件事就是收拾家裡，先收拾上面，掃地，再把地拖一下，然後會順便把樓梯也擦一下，樓梯上總是會有很多貓毛，喬奇擦樓梯的時候，那些貓毛會在陽光照得到的地方四處飛揚，如果沒有太陽，那些貓毛就好像一下子都消失了。喬奇很討厭那兩隻貓，但他拿牠們一點辦法都沒有。喬奇的樓梯上還放著一些書，喬奇的書太多了，多到沒地方放就只好堆在樓梯上。收拾完樓梯，喬奇會把下面的地掃一掃再擦一擦，然後再把一南一北兩個露臺收拾好，也就是澆澆花，把地掃掃。

「我現在都快變成女人啦！一天到晚收拾家裡。」喬奇對朋友們說。喬奇家的露臺真的很亂，但喬奇就是知道他的東西放在什麼地方。這天收拾南邊臨街的露臺時，喬奇忽然覺得有什麼地方不對勁，但他說不出是什麼地方不對勁，直到快中午的時候，喬奇替自己倒了一杯茶，他坐下來，他想看看那本起碼已經看了幾十遍的詩集，他想再看看其中的一首詩，想想那首詩到底是怎麼回事，是不是跟那次的事有關……但喬奇忽然叫了起來，那塊一直被喬奇當作茶几用的墓誌銘顯然被什麼人挪動了，那塊墓誌銘有點分量，一個人勉強搬得動它。喬奇站起來，吃驚地看著——它已經不在原來的地方，和下面的木頭架子錯開了。會不會是地震？但喬奇馬上覺得這不可能，如果是地震，自己難道會沒感覺？自己又不是頭豬！喬奇又覺得會不會是貓幹的？但貓不可能有這種本事，要是狗熊還差不多。

喬奇馬上就打了電話給女詩人，有什麼事，他總是先想到女詩人。

「問題是，那塊墓誌都被挪動了，那麼重。」一說到這件事，喬奇就有點緊張。

「那你可得小心。」女詩人說白天沒什麼，就怕晚上從下面上來人。

「晚上上來人？」喬奇開始害怕了。

「上來一個或者兩個，」女詩人笑著說，「為了殺死你，一般會是兩個。」

金屬脖套

「我會把自己關在屋裡，把門和窗戶都關好。」喬奇說。

「他們會撬，鐵窗根本就沒有用。」女詩人說。

「媽的。」喬奇轉過頭看那個鐵窗。

「你最好別睡那麼死，」女詩人說，「小心別讓他們一下子把你脖子掐住，人最脆弱的地方就是脖子，雞脖子一扭就斷了，人脖子也差不多。」

喬奇的手已經放在脖子上了，「別嚇我好不好！」

然後，喬奇又打了電話給自己妻子，但妻子也沒什麼主意。

「多注意一點，到了晚上把窗戶關好，不行就報警。」妻子說。

「天氣這麼熱我能不開窗戶？」喬奇說。

「有鐵窗你怕什麼！」喬奇的妻子說。

「問題是，」喬奇說，「我睡在北邊的那間房，而人從南邊上來怎麼辦？」

妻子沒說話，她想這是個問題。

「或者，我要是睡在南邊的那間房，而人從北邊上來怎麼辦？」

「你根本就不應該住在那邊，好好的家你不住。」妻子說。

「我可得好好防備一下。」喬奇說。

「你那邊也沒什麼貴重東西。」喬奇的妻子說。

喬奇想想也對，自己這裡是沒什麼貴重的東西，要說貴重，那就是自己。

「我難道不貴重？」喬奇說。

喬奇的妻子沒說話，她明白喬奇，也許他們會為此再吵一架。

「世界上最貴重的是什麼？」喬奇開始生氣了。

喬奇的妻子還是不說話，其實誰都明白世界上最貴重的就是自己，一旦自己不存在了，這個世界也就不存在了，黃金啊白銀啊太陽啊月亮啊，什麼都不會存在。

「我要好好保護我自己。」喬奇大聲說。

「那你就回來住。」喬奇的妻子說。

「我還要寫東西呢！」喬奇說。

「你那把藏刀呢？」喬奇的妻子說。

喬奇放下電話去找刀了，那是一把很鋒利的刀，起碼看起來是這樣，因為喬奇從來沒用過它，雞也沒殺過，羊也沒殺過，他沒那個機會。

「再跟我！再跟我！再跟我！」

喬奇找到那把刀了，比劃著，威脅著對那兩隻貓說。

這時候，喬奇的妻子又來了電話：「不然把小美抱過去吧？小美一叫小偷就被嚇跑了。」

喬奇的妻子還說：「貓一點用都沒有，只知道吃好的，養牠們除了花錢沒別的，你上次光幫牠們做結紮手術就花了一千塊，有什麼用？一點用也沒有。」聽口氣，喬奇的妻子已經生氣了。

喬奇妻子打電話來的時候，那兩隻貓正蹲在那裡看喬奇。

「可憐的貓，現在連性慾都沒有了。」喬奇說。

「比我還可憐。」喬奇又說。

「你說什麼？」喬奇的妻子在電話裡說。

「我什麼也沒說，我沒說話。」喬奇說。

這天晚上，喬奇幾乎徹夜未眠，下面依然是歌聲，依然是人群的走動聲和一陣一陣的說笑聲，還有另外一種聲音，像是從很遠很遠的地方傳來，仔細聽才能聽出那是灕江緩緩流動的聲音。這些聲音從前喬奇是喜歡的，但這天晚上突然變了，喬奇希望從這些聲音的縫隙裡聽到別的聲音，比如，有人爬上露臺的聲音；

比如，有人跳過露臺欄杆的聲音。這樣一來，他就可以抓住這個人了。

喬奇又失眠了，他躺在那裡睡不著，只好又看了幾行詩，但看詩的時候好像馬上就要睡著了，眼睛都快要睜不開了，那些字跳來跳去，但一旦不再看那一行行印在白紙上的鉛字，人馬上又睡意全無，這實在是太糟糕了。喬奇把詩集一甩，跟自己生起氣來，他想再聽聽有什麼動靜，但除了下面的那些夜貓子遊客走來走去的腳步聲，喬奇根本就無法聽到別的聲音。喬奇又起來，他不放心，屋子裡好像到處都有動靜，他把屋子從下到上又看了一遍，輕手輕腳，從樓下的廚房，還有那兩間房間，還有浴室，喬奇把燈打開看看再關上，輕手輕腳，一間房一間房都這麼過來。喬奇還檢查了一下窗戶，然後又輕手輕腳上了樓，去南邊的露臺看了一下，然後又去了北邊，然後又把樓上的房間都看了一遍。天氣很熱，這讓喬奇打消了把窗戶都關上的想法，他把屋子檢查完，在北邊的房裡再次躺下來，但他想了想，又起來，又去把南邊的窗戶關上了。南邊那間房的窗戶一關，屋裡馬上就悶熱起來，結果他只能再過去把窗戶打開。這期間，他手裡一直拿著那把一尺多長的藏刀，藏刀的刀尖朝向前面，好像已經有人從露臺下面爬上來了，好像這個人已經站在喬奇的面前了，好像這個人已經要對喬奇動手了，這讓喬奇既興奮又緊張，喬奇忽然被嚇了一跳，是那兩隻貓，在他後面跟著。

「去——」喬奇小聲說。

「起什麼鬨！」喬奇又小聲說。

「你們要是狗就好了。」喬奇用刀尖點著牠們。

「你們為什麼不是狗？」

後來，喬奇去浴室找了一條毛巾，把它纏在脖子上，他準備要睡覺了。

「再不睡我就要死了。」喬奇對自己說。

天快亮的時候，喬奇好不容易才睡了一小會兒，其實也是半睡半醒，那把藏刀就在枕頭旁邊放著，黑暗中是一道亮光。

「要是真的進來人怎麼辦？要是真的進來人怎麼辦？要是真的進來人怎麼辦？」喬奇一直聽見自己不停地對自己說，這真是讓人煩死了。喬奇想用手把耳朵蓋住，但馬上明白那聲音是在自己心裡。

「媽的！」喬奇罵了自己一句，翻了一下身，他爬了起來，不打算睡了。但天還沒怎麼亮，下面的夜生活才剛剛結束，有人在下面咳嗽、說話，是掃街的清潔工們開始工作了，喬奇只好又躺下，這次他把身體換了一個方向。女詩人說的對，他決定以後不再頭朝外面睡了，要頭朝牆那邊睡，這樣安全點。要是頭朝外面睡，半夜進來一個人站在床頭，一下子就能把自己的脖子勒住，頭朝牆就不會有這種可能。把身體換了一個方向，喬奇想再睡一會兒，但他睡不著了，他不知道那個人上來到底要做什麼，為什麼要搬動那塊墓誌銘，那又不是什麼值錢的東西，這個家裡沒有什麼值錢的東西。

喬奇睜大著眼睛看著天花板，聽見自己對自己說：

「要說貴重，就數老子貴重了。」

喬奇坐了起來，摸了一下腳，把脖子上纏著的那條毛巾取了下來，女詩人的提示真是太重要了：一個人，在睡夢中忽然被掐住脖子，十有八九完蛋。喬奇覺得自己應該好好想想，想想怎麼樣才能保護好自己。比如即使睡著，即使從外面進來了人，也不會一下子就把自己的脖子勒住。一個人，渾身上下，脖子是最容易受到攻擊也是最重要的地方，這根本就不是看電影看到的，生活中有多少這種事情？一個人不明不白就被人從後面把脖子一勒就完了，連掙扎的機會都沒有。這真是太可怕了，喬奇簡直不敢再想，他不想再睡了，他從床上爬下來，外面已經亮了，喬奇忽然又被嚇了一跳，是那兩隻貓，悄悄跟在他身後。

「出去，都給我出去！」

喬奇大喝一聲，打開了通向南邊露臺的門。

「你們要是狗就好了！要你們有什麼用！」

貓從屋裡驚慌失措地跑了出去，喬奇也跟著站到了露臺上。

「滾！」

早上外面很涼快，喬奇沒穿鞋，光腳站在露臺上。在家裡，喬奇習慣光著腳走來走去。

新的一天來了，喬奇醒來了，其實也可以說他根本就沒睡，起碼是沒怎麼睡。喬奇又把露臺檢查了一下，那幾張椅子、圓桌，那塊放在架子上的墓誌銘，都在原來的地方。喬奇想知道昨天晚上有沒有什麼事，他又去了北邊看了一下，露臺上的牽牛花都開了。喬奇打了個哈欠，又打了一個哈欠，剛剛從床上爬起來，現在，喬奇又覺得自己睏極了，喬奇連連打著哈欠，但還是把露臺掃了一下。喬奇想，天亮後自己也許能好好睡一會兒，然後自己就要去辦正經事了，去找他媽的那個老六，白天畢竟沒人敢從下面爬上來。

喬奇已經洗完臉刮過鬍子，順便還把腳也洗了一下，喬奇總是在早上洗腳。

洗完腳，收拾完自己，他替自己倒了一杯茶，茶很香。他端著茶，穿好了拖鞋，從屋裡出來，坐在南邊露臺的小圓桌邊就著這很香的茶吃了兩塊鮮花餅，餅也很香。他一手拿著餅，一手在下面接著，那樣子有幾分像是猴子。鮮花餅是昨天剛買的，讓人禁不住想一個接著一個地吃下去。喬奇一邊吃一邊看對面銀行裡的一個年輕人，那年輕人正坐在窗口一邊看報一邊喝茶，後來這個年輕人還替自己點了一根菸。喬奇喝完茶，吃完鮮花餅，也替自己點了一根菸抽起來，菸好像忽然有了催眠的作用，喬奇有些迷糊，後來，喬奇就坐在露臺上的桌邊睡著了。他原本不想睡的，他準備要出去找那個老六辦事，但他一下子就睡著了。

對面靠南邊一點的樓上有人正在露臺上澆花，他們也是剛剛起來，一天的生活剛剛開始，那邊的樓是四層，所以站在那上面可以看到喬奇這邊，那邊的人澆花的時候發現了喬奇。喬奇的樣子很古怪，癱坐在椅子上，大叉著兩條腿，頭朝後仰，兩隻手臂向後垂著一動也不動，從上往下看，他那一動也不動的樣子很讓人擔心。對面樓的人探頭朝這邊看了看，又看了看，喬奇還是那樣一動也不動。後來對面的人又很擔心地探出頭朝喬奇這邊看了看，他們擔心這個人是不是死了？大清早的，但願不會有這樣的事。喬奇的身體這時已經側向了一邊，這說明他沒事，只是在睡覺，但一大早就睡在露臺上的人畢竟不多見。

大約睡到十點多的時候，喬奇被下面的吵鬧聲給弄醒了，喬奇決定不睡了。他昨天晚上已經想好了，要去訂做一個金屬的脖套，脖套的樣子就像是一截鐵皮菸筒，是活的，可以打開，晚上睡覺的時候可以把它戴在脖子上，只要保護好脖子，其他地方都好說。如果可以，喬奇還想訂一個金屬的半圓殼子，跟自己的身體差不多長，晚上把這個金屬殼子放在床上，人就可以鑽進裡面睡覺，這麼一來就更安全了。睡覺的時候還可以在金屬殼子裡放把刀，或那種可以往壞人眼裡噴的胡椒水。

喬奇下樓，換鞋，出門了，戴著他的墨鏡。

街上的遊客還不多，但他們已經出現了，老先生老太太，一群又一群。

「重要的是脖子。」喬奇聽見自己在對自己說。他一邊走，一邊把香菸掏了出來。這時候喬奇放在口袋裡的手機響了，喬奇看了一下，笑起來，但他沒接。是喬奇妻子打來的，喬奇妻子對喬奇說會馬上把家裡的小美送過來，小美是喬奇家的狗。「狗畢竟是狗，一有動靜牠就會叫，你就可以放心睡覺。」這已經是第二通電話了，喬奇知道怎麼讓妻子著急，幾通電話不接，她肯定就會馬上過來，也許她現在已經在路上了。喬奇笑了一下。

喬奇一邊吸菸一邊往前走，上了橋，又往左轉，再往前走，再往右轉。橋欄上放著許多盆花，不知是什麼人養的，擺在這裡也不知道給誰看，紅紅紫紫都開得很好。雖然搬到這裡還沒有多長時間，喬奇已經在這地方交了不少朋友。他們大多數都是做藝術工作的，其中有做陶瓷和金屬還有做皮藝的。喬奇想好了，他要去找老六，老六的作坊專門做各種金屬玩意，喬奇已經把脖套尺寸什麼的都想好了。金屬的，不怕勒，套在脖子上，即使用刀砍都不用怕。他只讓老六做個坯子，然後自己回去再在金屬外面加一層很柔軟的布，這樣，晚上戴著它，喬奇就可以安心睡大覺了。喬奇還想好了，不但是睡覺，就是晚上出去散步，他也會把這個脖套戴在脖子上，誰也不知道壞人會在什麼時候出現。不怕一萬，就怕萬一。喬奇甚至連那個放在床上的半圓形長金屬筒子都想好了，那個筒子可真是太重要了，有那麼一個筒子，人就可以鑽進裡面放心大睡。金屬脖套、睡覺用的筒子，還有什麼？還要有一根電警棍。喬奇都想好了，為了保護自己，想法再多都不為過。

這時有個人從街邊一下子靠近了喬奇，「要不要A片？」

金屬脖套

「我有很多。」喬奇說。

「這東西又不嫌多。」那個人說。

「你留著自己看吧！」喬奇說，已經一步上了臺階。

喬奇在老六的店裡坐了下來，老六的店裡真是夠亂的，其實也不是亂，就是東西多，放得到處都是。老六說話有點結巴，其實他也沒多少事做，有朋友來了就喝茶。他做了許多東西，但很少有人來買，不過老六前幾年開工廠賺了不少錢，他也不在乎有沒有人買他的東西，他說他玩的就是高興，不同的是別人玩女人他玩金屬。

喬奇坐下來了，把自己要做的東西對老六說了一下，但老六好像沒聽清楚他說的是什麼。喬奇一開始還不準備把做這種東西的用處告訴老六，但喬奇不是那種能把話藏在肚子裡的人，自己就先哈哈大笑了起來。喬奇把有人爬到露臺上動了他的東西的事說了，而且把要做的東西是準備用來做什麼的也說了。

「金屬脖套。」老六也跟著笑了起來，他懂了。

「做成活的，」喬奇站起身，在脖子上比劃。

「可以把脖子護住我就能睡大覺了。」喬奇說。

喬奇又說那個筒子，還比了一下自己，「要這麼高，一個人能鑽進去就行。」

老六笑著說：「你這東西好像是當年的防震棚。」

「哪有那麼大，」喬奇說，「放在床上可以讓一個人鑽進去就行。」

「你要是和女朋友做愛呢，怎麼辦？」老六說。

喬奇和老六笑得更厲害了，老六只要說話一快就不結巴了，老六說這點小東西馬上就會做好，不要那麼小，可以做大一點，最好能在裡面翻翻身，老六說用最薄的鐵皮，窩邊，取圓角，那個半圓筒兩邊加個帶子就行。「重要的是你躺在裡面可以朝外射胡椒水就行，射別的可就不行。」

「還能射什麼？」喬奇笑著說。

「誰知道你還能射什麼？我相信你有槍有子彈！」老六也笑著說。

「一個人活著最重要的就是要為自己的生命安全做打算。」喬奇說。

老六說：「這還會有錯嗎？活著就可以不停地勾引女孩子，死了呢？」

從老六那裡回來，喬奇心裡一下子輕鬆了不少。

這天晚上，喬奇不得不吃了一顆安眠藥，要是不吃藥，喬奇怕自己就堅持不下去了。吃了藥，喬奇果真就睡著了，而且覺得自己睡得還不錯，因為昨天晚上他實在是睡得太少了，實在是太睏了。

睡之前，喬奇又把所有的房間都檢查了一下，然後，還把南邊和北邊的露臺也仔細看了一下，下面是嘈雜的人聲，這些遊人都是些不睡覺的螞蟻，不停地走，不停地吃，不停地說。遠處是江水流動的聲音。喬奇覺得自己已經跟著這聲音走到了江邊，或者坐在了江邊，或者坐在了船上，其實他這時已經睡著了。但是他覺得自己像是忽然又醒了，這種感覺真是奇怪，他好像聽到了什麼動靜，又輕手輕腳下了樓，又把樓下的房間都檢查了一遍，還檢查了一下窗戶，然後是檢查樓上的房間。他輕手輕腳在前面走，那兩隻貓在後面跟著，這時已經是凌晨三點多了，喬奇是半睡半醒，他又去了一下露臺，天都快亮了。江水的聲音只有在這時候才顯得十分清晰。這時候有什麼在露臺欄杆上輕輕一躍，這可把喬奇嚇了一大跳——是那隻貓，不知什麼時候悄悄跟他跑了出來。

「天還沒亮你做什麼去了？啊？你做什麼去了？」喬奇小聲對貓說。喬奇的聲音很小，他這時間不敢大聲說話，他怕把周圍的人驚醒。

貓一跳，已經上了屋頂，蹲在那裡不再動。喬奇招招手，那隻貓不肯下來，蹲著，一動也不動。貓就是這樣，一旦跳到屋頂就什麼人也不肯認，真是狗娘養的，直到牠餓了、想吃東西了，才會下來對主人獻媚。喬奇又朝那隻貓招招手，然後也坐了下來，凌晨三點多是這個季節最舒服的時刻，一點都不熱，甚至是涼爽。喬奇坐在那裡，把兩隻腳放在了那塊被當作茶几的墓誌銘上，喬奇想讓那隻貓下來，又朝那隻貓招招手，但貓還是蹲在那裡一動也不動，真他媽是狗娘養的，貓都是狗娘養的。喬奇兩眼看著那隻貓，看著看著，忽然就又睡著了。喬奇睡著之後，兩隻腳從被當作茶几的墓誌銘上放了下來，直直地向前伸著，兩條手臂向後垂著，這種姿勢讓喬奇感到很舒服。喬奇就一直那麼睡著，直到天大亮。

後來喬奇被一通電話弄醒了，是喬奇妻子的兄弟打來的，喬奇妻子的兄弟，當然也就是喬奇的小舅子，在電話裡嘻嘻哈哈說他已經在路上了，很快就要到了，他把小美送來了。「這下你就能睡好了。」

「你姐呢？」喬奇問。

「她明天去日本。」喬奇的小舅子在電話裡說。

喬奇奇怪自己怎麼就把妻子出去的事忘得一乾二淨。喬奇跳起來，把自己收拾了一下，喬奇每天都要刮鬍子，刮完鬍子，他開始吃早餐，一杯很香的花茶，兩塊鮮花月餅，這真是一種讓人百吃不厭的點心，這地方除了火腿好，也就剩下這種餅了。喬奇又替自己沖了一杯牛奶，慢慢喝著。這時，喬奇的手機又響了，還是他小舅子的電話，喬奇的小舅子對喬奇說，他們這次是兩個人。

「可以啊！」喬奇說，「再多一個也不怕。」

「我帶了一個女朋友，晚上我們就住樓下好不好？」

「那還成問題？」喬奇說。

「可不是上次那個。」小舅子說。

「誰規定你非得帶上次那個？再說我也不管這些事。」喬奇說，心想這是小舅子在胡說，要是他的女朋友在他旁邊，他還會不會這麼說。

喬奇說話的時候聽到了一聲狗叫，是小美。

「開門吧，我們在下面呢！」手機裡又傳來了喬奇小舅子嘻嘻哈哈的笑聲。

「你已經到了？」喬奇嚇了一跳。

「到了，開門吧。」喬奇的小舅子又說。

「不會吧，怎麼回事？」喬奇說。

下面已經傳來了敲門聲，敲了兩下，門鈴也響起來。

「來了來了。」喬奇從上面下來了。喬奇的小舅子身後果真跟著一個年輕的女孩，一進門，那女孩馬上就去了廁所。喬奇把小舅子拉進房間，小聲說：「怎麼回事，真的又一個？告訴你我今天有事，就不陪你們，你們自己玩吧！玩開心點，有我陪你也玩不好。」

小舅子看著喬奇，說：「是不是我帶她來你不高興？」

「誰說的，你來了正好，越安靜我越睡不好。」喬奇說。

喬奇的小舅子巴不得這樣，說：「我們先試試，誰知道以後會是什麼關係。」

「試吧，跟買東西一樣，不適合再說。」喬奇說。

然後，喬奇就拉著小美去了樓上，喬奇準備把那塊破毯子給小美用，毯子已經被貓抓得不成樣子，上面滿是貓毛，喬奇一把破毯子放到南邊露臺地上，小美馬上就打起噴嚏來，一個接一個，一個接一個。每一聲都很尖銳，像是吹口哨。

喬奇的小舅子已經帶著那個女孩站在了喬奇的身後。

「也太誇張了吧！」喬奇的小舅子嘻嘻哈哈。

「牠可從來沒這樣過。」喬奇的小舅子補充。

「我得下去走走，我有事約了朋友。」喬奇聽見自己對小舅子說，實際上是對那個女孩說。其實喬奇說下去走走，也就是混在遊客裡到處走走、看看、散散心，老六那邊的東西肯定還沒有做好，做好會打電話給他。喬奇知道小舅子想和那個女孩單獨待著，這種事不用說，誰都清楚。

「這幾天沒下雨，床單不會太潮溼。」喬奇對小舅子說。

到了天快黑的時候，喬奇改變了主意，他還是決定和小舅子還有小舅子的女朋友出去吃頓飯，再說自己也要吃飯，一起吃頓飯，也算是盡地主之誼。喬奇在老六的作坊裡也坐煩了，老六幫他做的東西也快做好了。喬奇打電話給小舅子，好半天手機才打通。原以為小舅子和他的女朋友在江上看風光，想不到小舅子說他和女朋友還在睡覺，上午出去了一下，從中午睡到現在。

「我們累了，你自己吃吧！」小舅子說。

「外面太吵，要不晚上再好好睡？」喬奇說。

「我是越安靜越睡不著。」小舅子在電話裡說。

喬奇笑了起來，這話真像是自己說的。

喬奇現在不喝白酒了，偶爾還會來點啤酒和葡萄酒，晚上他在外面吃了一碗米線。他拎著一個購物袋回來，裡面是三明治、啤酒，還有鮮花餅和風乾牛肉，這可是喝啤酒的好東西。喬奇發現屋裡的燈暗著，所以他輕手輕腳地開門關門，進了家，他發現樓下那間房間的門關著，喬奇就打消了想把小舅子叫起來一起到露臺上喝啤酒的念頭。

屋子裡是靜的，外面的聲音卻嘈雜如故。到了睡覺的時候，喬奇又輕手輕腳把所有房間都檢查了一遍。樓下小舅子和他女朋友的房裡偶爾會發出一些聲響，但這聲音實在是太微妙了，不仔細聽就會被外面的聲音給淹沒。後來喬奇又去了露臺，他還站在南邊的露臺上朝下看了看，下面的街上遊人還很多，江邊歌手還在唱。小美是條十多歲的老狗，來了就一直臥在那裡，牠已經不再打噴嚏。喬奇不知道一旦有了什麼事牠還會不會叫。後來，喬奇就去睡了，睡之前他喝了一瓶啤酒。有時候，喬奇睡著就跟沒睡著一樣，整個人總像是懸浮在空中，迷迷糊糊中覺得有什麼又在響動，迷迷糊糊中好像看見自己在屋子裡到處走。上來，下去，然後又去了露臺，然後又躺下，然後再次起來，直到有一個聲音忽然在他耳邊說——

「姐夫，你在做什麼呢？」

喬奇被嚇了一跳，這一次絕對不是在夢裡了，喬奇發現自己正站在露臺上。

「你三更半夜挪它做什麼？」小舅子又說。

喬奇更吃驚了，那個放墓誌銘的架子連同墓誌銘已經被挪動了，挪到通向露臺的門口這邊。這時候，下面依然有歌聲，依然有人群的走動聲和一陣一陣的說笑聲，還有另外一種聲音，像是從很遠很遠的地方傳來，仔細聽才能聽出那是灘江緩緩流動的聲音。

喬奇的小舅子忽然哈哈哈笑了起來。

「姐夫，你怎麼現在還戴著墨鏡！」

一地爛泥

那老頭就一直那麼跪著。

有半個多月了，老頭一直跟著他們，他們拆到哪個地方，他就跟到哪個地方，這也就算了。一到地方，他就跪下，也不說話，就那麼跪著。拆遷是一件很髒很亂很危險的事，屋頂被掀開，是轟然而起的塵土；牆被推倒，又是轟然而起的塵土。為了把新房子蓋起來，舊房子就不得不拆掉，有的房子雖說還能住人，有的甚至剛蓋起來還沒多久，也照樣得拆，這是區裡的意見，區裡是為了大家好，要重新規劃這地方，要讓人們住的環境宛如畫般整齊好看，還要栽樹種花，樹苗聽說都已經訂好了，都是能夠從春天一直綠到冬天的常青樹，所以過去的房子都得拆，必須拆！

拆遷工地就像是剛剛打過一場仗，到處是斷壁殘垣，還有被人們丟棄出來不用的破東西，破罐子破缸，一個爛笸籮，又是一個爛笸籮，幾個裝過油的瓶子，

一地爛泥

又是幾個破油瓶，亂七八糟的東西扔得到處都是。豬狗們不知所措了，這裡聞聞，那裡聞聞，但最終豬隻都「吱吱」叫著不知被拉到了什麼地方去。狗則是亂竄，一時沒了主張，突然揚起臉朝著天空亂叫一氣，然後停止大叫，蹲在那裡，東看看，西看看，又突然揚起臉再朝著天空亂叫一氣。狗也是有表情的，是滿臉的傷心，叫聲幾近嗚咽。因為拆遷，這地方被搞得人心惶惶，人們都像是不過了，又像是一種逃離，但更多的是沒辦法。

做拆遷的時候最怕碰上釘子戶或像這個從早上就一直跪在那裡不肯挪動的老頭。有人認出他來了，這六十多歲的老頭的房子被他們拆過，拆也就拆了，幾乎所有被拆的人家後來都各自找到了自己的住處，沒有這麼鬧的，一言不發，跪在那裡一動也不動算什麼？為了什麼？他到底為了什麼？他跪給誰看？而且，拆遷的人們還能記得這老頭不是這個地方的住戶，但他們也說不清他是哪一區的了，問他什麼他都不說，就那麼跪著，一頭的土，一臉的土，一身的土，是個土人。拆房子轟然而起的塵土和別的塵土還不一樣，特別的細粉，特別的灰不灰黑不黑，飛起來，揚開去，落下來，就到處都是了。拆遷區周圍的樹都不能看，樹葉不是樹葉的顏色，樹枝不是樹枝的顏色，都說灰不灰、說黑不黑、說綠不綠，難看死了，真是難看死了。周圍的莊稼呢？也這樣，還有菜園。這個老頭就更不能看了，渾身的土，滿臉滿頭的土，臉上出了汗，汗在臉上的塵土上犁開了一條一條的道路，就更加難看，讓人看了心裡更不好受。那邊的一堵牆又倒了，轟的一聲，塵土又飛過來，又在這老頭的臉上覆蓋了一層，他那張臉就更不能看了。這老頭到底要做什麼？他跪給誰看？人人都覺得奇怪，但就是沒人去問。這種事現在不少，不用問，都是為了房子，鬧來鬧去都是為了要政府別拆他們的房子，但像這個老頭半個多月來一直跟著他們、一直跪在那裡就奇怪了，出了什麼事？到底出了什麼事？有人遞菸給這老頭，問他，但這老頭就是不說話。他好像打定了主意，就是不開口，就要那麼一直跪下去。又有人認出來了，認出這老頭原來竟然是鄉聯校的老師，已經退休了。

有人去跟地產開發商老周說：「這樣的人，不能老讓他在那裡跪著，他是當過老師的人。」

開發商老周卻忽然一下子生氣了，脖子一下就粗了：「這種事見多了！」

「聽說是鄉聯校的。」來人又說。

「讓他跪！鐵膝蓋，往死裡跪！」開發商老周說。

「跪在那裡觀感也不好。」

「鏞不了！」開發商老周說，「我又不是什麼狗屎官員，他要給誰難堪？」

問題是，開發商老周其實早就見過這個老頭了，他開著車出來進去能看不見他？但他就是沒下過一次車，他知道自己一下車麻煩就多了。這老頭為什麼只跟著他們？又有人去問了，替老頭遞菸遞火，老頭還是不說。有人忽然想起來了，這老頭是七里毛村的，當時他也是這麼跪在地上，但他的房子最後還是被拆了，是不是因為房子的事？但他的房子在七里毛村，又不在這個地方。

「莫不是，這座村子也有你的房子？」又有人去問了，但老頭就是不說話。

「你天天跪在這地方也不像話，」這人對老頭說，「你可是跟了我們有半個月了，你為什麼總是跟我們？天下做拆遷的又不只有我們一家，你不會去跟跟別人？都輪流跟跟。」這個人想笑，嘴咧了一下。

老頭跪在那裡，把臉扭向一邊，就更不說話了。他雖不說，問的人心裡也明白，要是不拆房子，他也許就不會再跪了。又有人對開發商老周說了，說這樣下去也不是辦法，這老頭就跟上班似的，一到開工就來了。

「還帶著乾糧和水。」

「他想給誰難堪？他以為他當過老師就可以給人難堪？」開發商老周說，「我們什麼沒見過？還有喝農藥淋汽油的呢！」開發商老周這麼一說，下面的人你看看我，我看看你，就更不好說話了。工地上數他大，別人還能說什麼？那就讓這個老頭跪吧，反正說他他又不走，時間到了他還會替自己開飯，把帶來的乾糧慢慢取出來吃，兩個饅頭，一大塊黑鹹菜，還有一瓶水，跪在那裡吃，慢慢吃，吃完了人還跪在那裡。問題是，他只跪，又不說話，比如亂罵人，比如說東道西或乾脆躺在那地方把路擋住。這老頭就只是跪在那裡一言不發。所以，讓人看了有些於心不忍，又有些害怕，還有些不理解，這老頭到底是為了什麼呢？但只要他一跪在那裡，不管他面向誰，誰的心裡馬上就不好受。他還能面向誰？在拆遷工地上，他只能面向那些拆遷的勞工，那些勞工也都是從鄉下來的，有父有母，有妻有兒，老實巴交，十八九，二十多，三十多歲的都有。只要這老頭一對他們跪下，他們或者馬上掉轉方向，或者趕緊走開，走到一邊去。這樣一來呢，拆遷進度就慢下來了。

「得想想辦法。」下面的人又去對開發商老周說。

開發商老周把臉一下子別到一旁去，看不清他臉上是青是白。

「這老頭八成是精神有問題。」這人又說。

「我看他媽也是！」開發商老周說。

「他也不亂罵人，」這人又說，「但比罵人還厲害。」

開發商老周嘆了口氣，兩眼不知看著哪塊地方，把筆蓋「噗」地拔了一下，又「噗」地拔了一下。「拆遷又不是我的事，這是公家的事，操他媽的！」開發商老周把筆猛地往桌上一扔，隨即又拿起來，又「噗」地一拔，又「噗」地一拔，又在紙上亂寫了一通什麼，又把筆一丟。看樣子，他也沒什麼主意。

「這老頭天天吃什麼？」開發商老周忽然想起這件事了，回頭問。

「誰知道，不知道。」

「把我們的飯菜打點給他。」開發商老周說。

這天，工地吃飯的時候就有人幫老頭舀了一碗菜，那種大燴菜，裡面有一點冬粉、一點山藥還有豆腐白菜，運氣好還能碰到大塊肉。有人用瓷碗盛了菜給老頭，上面還放了兩顆饅頭。是煮飯的大師傅，說他是大師傅卻是個小後生，人長得黑瘦乾淨，他怎麼看那老頭都覺得像自家的一個親戚，這讓他心裡很難過。他替老頭把菜打來了，遞給老頭。

「謝謝。」老頭開口了，但他不吃。

怎麼說呢，這就看出這老頭跟一般老農民不一樣了，畢竟在聯校當過老師。他是跪在那裡吃，吃完了他自己帶的飯，還跪在那裡，不挪動。

天氣很熱，人們都擔心這老頭會被晒暈過去，但有人說暈過去最好，橫豎昏倒了他就不跪了。不少人都認為這話說得對，天氣真的很熱，人們都找陰涼的地方去了，但老頭還跪在那裡。這真是一件讓人心裡很不好受的事，有人過去了，還是那個年輕的大師傅，黑瘦乾淨的小夥子，除了做飯，平時他也沒什麼事，他扔了頂草帽給老頭，老頭把草帽放在一旁，沒戴，他還是不挪動，還是跪在那裡。

拆遷工地上出了這種事，別人都管不了，人們都在等著開發商老周出面，因為這裡的大事小事都是他說了算，他不出面什麼都不好辦。在這裡做拆遷的勞工，包括煮飯的那個年輕大師傅，還有那幾個沒什麼事做的保全，還有一些雜七雜八的人，幾乎都不是本地人，他們有的是從河北招來的，有的是從河南招來的，他們都人生地不熟（開發商老周說「人生地不熟才好，沒地方去，他們才會乖乖待在工地裡」）。因為天氣熱，開發商老周讓人弄來七八個空油桶，那些勞工們可以在裡面洗一下臭汗，這日子就算不錯了。伙食呢，也不錯，整天是白麵大饅頭，米飯很少吃，因為做饅頭方便，菜也過得去，油多，盛在碗裡總是油旺旺的讓人看了高興。

那老頭還跪著，一跪一天，幾乎讓所有人的心裡都不自在，人們都等著開發商老周出面，人們心裡都希望這個老頭能走開，不要再跪下去。他這麼跪著，那麼大歲數，真是讓人折壽，讓人們的心裡惶惶不安。但開發商老周一直沒露面，這和以前可不一樣，以前他們拆遷也碰到過難纏的事，但開發商老周總是能解決。這種事，一是他見多了，每到一個新的地方都差不多能碰到幾個鬧事的；二是這老頭也太特別了，居然跪在那裡一言不發。

天氣這麼熱，人們都說這老頭跪不了幾天就會被晒到中暑。但半個月過去了，老頭什麼事都沒有，就像是上班一樣，時間到他就來了，時間到再走。保全也拿他沒有辦法，工地又不能用鐵絲網圍起來，這件事，很難堪，但誰也沒辦法，就等著開發商老周出來拿主意，問一下這老頭有什麼條件、怎麼回事。這一點，開發商老周會想不到嗎？他手下的辦公室主任來問過了，但那老頭什麼也不說，問到最後，老頭總算說了一句話：

「是你說了算？」

「說了算的人去羅馬尼亞了。」

辦公室主任一半認真一半開玩笑，嘿嘿嘿嘿笑起來。

「你以為我不知道羅馬尼亞？」老頭說。

說到拆遷，沒有不頭痛的，他們這個拆遷隊，計劃順著公路一路拆下去，知道的人清楚這裡是要修一條高速公路，所以他們的推進是從東到西，上頭已經對他們的進度提出批評了，但怎麼說呢，批評歸批評，進度歸進度，幾乎所有的拆遷都不會快，都會像是蝸牛在那裡爬。這邊拆房子，那邊收破爛的來了，蹦蹦跳跳的四輪車，人坐在上面像是被裝了彈簧，一彈一彈，高起來低下去，高起來低下去。他們來收門窗，收椽檁，各種的破爛一一都有去處，沒人收的那些東西又都被扔出來，這地方就更亂。地上呢，到處是泥濘，原本沒現在那麼多泥坑，卻被蹦蹦跳跳的收破爛車給壓了出來，被拉煤的大車給壓了出來，現在到處都是深深淺淺的泥坑，還到處都是泥濘，人在上面走，必須叉開腿。動物裡，豬最愚蠢不過，有一頭豬陷到泥坑裡了，「吱吱」地尖叫，有人能聽懂豬叫，知道那是在喊救命，果然有人拿著繩子槓子來救牠了，但人一下去馬上也陷在了裡頭，這下可

一地爛泥

熱鬧了。又有人來了，這次是要先救人，先把陷進去的人救上來再說。這個陷進去的人自然不會有什麼事，這又不是荒野，人被拉上來了，那頭豬卻沒了，已經陷到泥裡去了。到最後也沒事，照樣會被弄出來，不過已經是死豬了。豬雖沒了氣，肉卻還是能吃，工地裡的勞工們就猛吃了兩天豬肉。

六月過了是七月，七月過了是八月，八月九月，到了十月，是縣裡的旅遊節，上面下來了命令，這一帶的環境整治九月底無論如何都得做完，房子一時半會是蓋不起來了，經過研究，區裡又有了新的方案，要在旅遊節前種樹，路邊種樹，還要沿著主要的公路兩旁砌牆，無論裡面怎麼亂，一砌牆一種樹就都遮住了，這是沒辦法的辦法，因為要趕進度。

分管這一片的副區長那天下來了，副區長姓白，聽說和開發商老周是同學，白區長可真是年輕，看起來比開發商老周年輕得多。不知誰替他找了一雙長筒雨靴，他就穿著那雙長筒雨靴到處走，「咕嘰咕嘰，咕嘰咕嘰」，主要是看道路兩邊，因為旅遊節，必須要一邊拆一邊就把路邊的牆砌起來，樹也要馬上種下去，這麼做是為了遮醜。白副區長在前面走，開發商老周在後面跟著，手裡拿著一根香蒲，他們剛才去了一下那塊窪地，窪地旁邊都是蒲草。因為前天的雨，地上一片泥濘。到了中午，白副區長他們就在工地吃飯，說是吃工作餐，開發商老周叫人弄來了不少鴿子，鴿子肉稀罕。現在區裡安排人檢查工作都不敢到大餐廳去亮相，但工地裡照樣要什麼有什麼。除了鴿子肉，還從餐廳裡要了幾樣菜，再用車熱乎乎地送過來。飯桌就擺在開發商老周的辦公室裡，兩張辦公桌併了，坐七八個人很寬綽。外面又陰了，大堆大堆的烏雲立著，氣勢洶洶地從四面八方過來了，看樣子要來場大雨。下雨天正好喝酒，喝酒就是為了熱鬧，沒人怎麼熱鬧？開發商老周和白副區長既是同學，他們就又打了電話給另外的幾個同學。開發商老周又悄悄把辦公室主任拉到沒人的地方，要他去辦件事，辦什麼事？要他去看看那老頭現在在什麼地方，要他走開，這天看樣子馬上就要下雨了。

「他跪在那地方，被客人看到也不好看。」辦公室主任看著開發商老周，看著那顆疣，開發商老周的右眼下有一顆豆粒大的赤紅色的疣。辦公室主任心裡想：原來你也有覺得不好看的時候。但辦公室主任還是去了，去把老頭勸走也是件好事，趁著這雨還沒下。

辦公室主任知道老頭會在什麼地方，左轉右轉，右轉左轉，老頭果真在那地方，身體挺得不是那麼直了，是跪坐著，這真是讓人不知道說什麼好。工地上許多人都認為這老頭是個神經病，不少人都說也許他真的是個神經病。

「你總這麼跪著不是辦法。」

辦公室主任蹲下來，對老頭說。

老頭把臉別開了。

「你看天空，馬上就要下雨了。」

辦公室主任又說，已經把菸摸出來。

辦公室主任再說什麼，老頭都不開口，遞菸，也不接，只是跪在那裡。辦公室主任說你有什麼你就說，你看這天馬上就要下雨了。辦公室主任一過來，就有人跟著圍了過來，正是吃飯的時候，那些勞工都在吃飯，他們吃飯是每人捧著一個很大的碗，他們吃飯是沒有桌子的，他們捧了那個很大的碗，或蹲著，或站著，或者就不知走到什麼地方去了，或者是幾個人邊吃邊說話。辦公室主任一過來找老頭說話，他們就邊吃邊圍過來了，但圍過來的人忽然又散開了，捧著他們的大碗，有風「呼」地一吹，吹過來了，猛地一吹，猛地又一吹，這樣的風，只有大雨來臨之前才會有。

天空真的要下雨了，那一堆一堆立著的烏雲這時候又都趴下了，已經在天空上鋪排開來，要連在一起了，翻滾著，走得很快，好傢伙，轉眼已經連在一起了。天更黑了，已經看不到一朵一朵的烏雲了，整片天空都是黑的了，雨點已經落了下來，人們一下子散開，辦公室主任也閃開了。那棟院牆已經被拆完的房子前，只有老頭一個人在那裡跪著。雨是一下子猛然大起來的，地上、屋頂上、樹上，近處、遠處都是一股一股的白煙，冒白煙了，這雨可真夠大，有兩個人忽然冒著雨跑出去，把老頭架了起來，拉到不遠處準備要拆的屋子裡去了。只是一會兒，那老頭又從屋裡跌跌撞撞跑出來了，那麼大的雨，瓢潑似的，老頭又跪在那兒了，老頭身上冒白煙了，頭上也在冒，可見那雨有多大。老頭又回到原地跪下了，屋裡躲雨的人誰都不說話，都睜大了眼，這不單是讓人害怕，而且還讓人心驚。

「好傢伙！」有人說。

「別被雨給淋壞。」又有人說。

「雨可真能淋壞人。」旁邊又有人說。

人們都不再說話，都看著雨裡的老頭，因為雨勢大，只見白濛濛中跪著那麼一個人。

一地爛泥

辦公室主任打了通電話給開發商老周：

「這麼大的雨，根本就拉不回來，這麼下去也許會出人命。」

開發商老周的電話裡一下子就沒了聲音，靜得一點聲音都沒有，那邊的人在喝酒，喝酒就要說話，要敬要勸，要說七說八，但電話裡就是聽不到這些，後來這通電話就被掛了。辦公室主任看看外面，想跳出去，又縮回來，又縮在準備拆掉的屋子裡，雨這麼大，他也去不了別處，他只好愣在屋裡看雨。按理說他還要到那邊去敬酒，但這要等雨小點再說，和他一起待在這個準備要拆掉的屋子裡的，還有捧著大碗吃飯的勞力——他們也只能叫勞力，他們是工人嗎？不是，他們是農民嗎？也不是，他們沒什麼技術，拆房也不需要什麼技術，所以說他們只能被叫作勞力。這幾個勞力已經吃完了，但他們也出不去，雨下得很大，他們都擔心那老頭會出事，被這麼大的雨淋著，白濛濛的，因為下雨，到處是雨的氣味，說腥不腥，說臭也不是，是土氣，還有點別的什麼味道，又像是很好聞。泥土的味道原是好聞的，要是不下雨，那味道就被藏在土裡，一下雨，那味道就出來了。

雨不見小，還大著，雷聲已經遠了，但還是連聲不斷，像是有無數的人在天

上推碾子，已經推到了天邊。但忽然，這雨又他媽回來了，好像它們又不願去天邊了，後悔了，雨再次「嘩嘩啦啦」大起來，天上那些推碾子的人又把碾子推回來了，「轟隆隆轟隆隆」在人們的頭頂上推，地上、樹上、屋頂上，遠遠近近又都重新冒起白煙，好大的雨，那老頭還在大雨裡跪著。但畢竟這雨讓他受不了，他縮成了一團，人像是一下子小了一半。這時有人一跳一跳過去了，是那個做飯的年輕大師傅，他把一個很大的紅塑膠盆子扣到了老頭的頭上。雨落在盆子上，簡直就是敲鼓，嘭嘭啪啪，嘭嘭啪啪，雨可真是不小。

「好傢伙，這老頭！」有人說，在屋子裡說。

這時候，又有人從遠處跑過來了，因為雨大，跑過來的只是一個白濛濛的人影，這個人也不撐傘，話說這麼大的雨，傘怎麼拿得住？這個人也沒穿雨衣，這個人朝這邊一跳一跳跑過來，在屋裡避雨的人都以為這人是跑過來避雨的，但他們忽然都被嚇了一跳，從那邊跑過來的人是朝著跪在地上的老頭來的。這人跑過來了，跑過來了，動手拉扯那老頭，還大聲說著什麼，辦公室主任馬上就憑聲音聽出來這是開發商老周。開發商老周要拉起老頭，老頭身體忽然失去平衡，朝後面倒了一下，還沒等開發商老周去扶，老頭馬上又立起來了。接下去的事就更讓

一地爛泥

在屋子裡躲雨的人吃驚了，他們看見開發商老周激烈地對老頭說著什麼，比劃著，說著，大聲說，再比劃，再說，忽然開發商老周也不拉了也不扯了，對著那老頭，也直挺挺一下子就跪了下來。雨那麼大，在開發商老周身上濺起白白的水霧，兩個人現在都是白的，是雨人，是霧人，是不知道像什麼人。開發商老周和那老頭說什麼，這邊的人根本就聽不見，但更讓人吃驚的是，開發商老周不但跪下來，他還大聲說，大聲說……但人們聽不清他在說什麼。突然，開發商老周一下子趴下了，伸開四肢，一下趴下，趴在泥水裡面。

「是不是喝傻了？」辦公室主任聽見自己對屋子裡的人說，這事他可不能不管，下這麼大的雨，辦公室主任從破屋裡一跳一跳跑了出去。「咕嘰咕嘰咕嘰咕嘰，咕嘰咕嘰咕嘰咕嘰」，辦公室主任跑過去了，蹲了下來，他想自己怎麼也要先把開發商老周弄起來再說，這是怎麼回事？

「別管我，他讓我起來我就起來。」開發商老周大聲說，不像是喝多了的樣子。

「快起來快起來，」辦公室主任說，「喝多了也不是你這樣。」

「他讓我起來我就起來，他讓我死我就死！他是我老師！」開發商老周的臉是青的，大聲說，大聲說。

辦公室主任想不到會是這樣，愣了一下，看看老頭，又試圖上前拉人，但任憑辦公室主任怎麼拉，開發商老周都不起來，一個大字，趴在地下，臉側著，地上、身上、臉上、頭髮上都是雨水和爛泥。辦公室主任愣了一下，眼前這個老頭，想不到竟然是開發商老周的老師。這老頭也一樣，直挺挺跪在雨裡泥裡，一身一臉一頭的爛泥。

雨下著，到處是爛泥。

帽子橋

怎麼說呢，這座橋叫「帽子橋」，為什麼叫「帽子橋」呢？因為它像頂帽子，英國兵戴的那種前後兩頭尖的帽子，就長那樣。人們站在橋上不難看到橋下，橋下會有什麼呢？下面有巨大的水泥橋墩，還會有什麼呢？這個橋既然坐落在這座城市的中央，所以在橋的中間部位還有供人們上上下下樓梯樣的斜道。從這斜道下去，就可以走到下面那狹長的一片說花園不是花園、說綠地又不是綠地的地方，其實它應該更像是古人說的洲，只不過被綠化過了，到了夏天會開出各色的碎碎的花。雖然是各色的花，其實卻只有一種，這種花在早上和晚上都會轟轟烈烈地開一陣子，到了中午它又不開了，所以早上和晚上這橋下就顯得特別的熱鬧，有認識這種花的，知道它叫「晚飯花」，為什麼叫「晚飯花」？因為它總是在人們吃晚飯的時候才開，所以就叫晚飯花。而有人願意抬槓，說這花早上吃飯的時候還開著呢，怎麼就不能叫「早飯花」？這話是真的，吃早飯的時候它也轟轟烈烈地開，所以人們又叫它「早飯花」，這花雖不那麼驚天動地的好看，花名卻讓人覺得親切，與飯有關係，有飯吃和到時候就可以吃到飯總是一件好事，人活著還不就是為了吃口飯？這是花，然後就是河水，這條河，怎麼說呢，既在城市的中心，便像是有了某種裝飾的意味。河水總是在流動，而這橋下的河水卻像是靜止的，是平平的一個面，早上或晚上都會有人在河兩邊垂釣，趴在齊胸高的水泥臺子上。那水泥臺子其實就是河堤，來這裡垂釣的人多是待業或退休的，戴著草帽或別的什麼帽子，還備有乾糧、水或別的什麼，比如一個尼龍條編的籃子或者是一個別的什麼袋子。釣魚的人特別能等待，靜靜地一待就是一天。太陽厲害的時候，他們就會躺到水泥堤壩的陰影裡去睡一會兒，直到睡得滿頭大汗。豎在那裡的釣魚竿上有一個小鈴，魚上鉤的時候小鈴就會亂響一氣，躺在那裡的人便會一個翻身跳起來，而往往又是空鉤，有時有魚被釣上來了，遠遠看上去只有一個小小的銀閃閃跳動的光點，不用問，那魚小極了，小得不能再小。有人過來問了，這河裡有大魚嗎？答話的人必定會說前幾天有人釣了這麼老大的一條，大小怕有十多斤。答話的人還張開雙臂，這麼一來呢，問話的人就更不會相信了，就這樣的河，那麼大的魚？可能嗎？

帽子橋

這座橋是東西向，橋的東邊，沿河是條南北向的路，叫廣曲路，路邊是一個一個的社區，都緊貼著。再下去，還是社區，社區的外面是一家一家的商店，但餐廳好像更多一點。一家餐廳，過去，又是一家，再過去呢，還是一家。而這地方的一家陝西人開的餐廳生意似乎特別好，人們也像是特別愛來這地方吃碗漿水麵，或者是油潑麵，是陝北的那種辣，浮在油的香氣之上，感覺這辣就特別的厚實，特別的香。所以一到晚上，餐廳必須把桌子擺到外面來才可以應付局面，人們也樂於坐在外面吃，一是涼快，二是可以看看來來往往的人。坐在餐廳外面的桌上，還可以看到河那邊的動靜。其實那邊也沒什麼動靜，有什麼動靜呢？談戀愛的，在堤壩上，摟在一起，不能再緊，雖然天熱。不談戀愛的蹲在這邊看那邊談戀愛的，也同樣的激動，希望他們最好能夠再深入再激情一點，但因為靠近路邊，他們的想法往往落空，談戀愛的還是有所節制。

這邊的陝西館子的南邊還有一條路，一直往東走，就是一大片的社區。因為天氣熱，到了晚上，人們都坐到外面來，打撲克牌的、下棋的、說話的、吵架的、勸架的、拉胡琴的、吹笛子的什麼人都有，還有放風箏的。大多是老頭，到了晚上，這些放風箏的老頭就都一齊上了橋，在橋上放，他們放風箏，頭仰得老高，也順帶著賣風箏，如果有人買的話。還有打太極拳的，打太極拳那些人要下到橋下面去，在橋下面打，但他們都會走遠一點，離那一箱一箱的蜜蜂遠一點，他們都覺得那些蜜蜂有點討厭，怕一不小心被蜜蜂螫了。打太極拳的人比較固定，他們是每天早上打一次，晚上再打一次，還放著音樂，是廣東音樂。

這是橋上和橋下，橋東橋西呢？橋東就是那座社區，社區口那個賣各種小食品的小鋪，一年四季都不關門，什麼時候去都有人，小鋪門口立著一臺很大的紅顏色的冰箱，那麼大的一個冰箱，總是立在那裡，永遠沒見過誰把它搬進鋪子裡，冰箱裡照例是各種的冰鎮飲料。開小鋪的是一對安徽那邊來的年輕夫妻，為人很和氣，人也好似很勤快。這小鋪的門口還擺著老北京的優酪乳，那種小瓷缸優酪乳，用一張紙蓋著，橡皮筋綁著，喝的時候只需把一根吸管往上面「噗」地一插。人們很愛喝這種優酪乳，為了不再回來退那個笨瓷缸，人們一般就站在那裡喝，喝完了走人。一邊喝一邊和開小鋪的安徽人說話，吃什麼了？晚上準備吃什麼？「茄子。」開小鋪的安徽小夥子說晚上要吃火燒茄子。「加大蒜。」小夥子又說，說這樣的火燒茄子最好吃了，配什麼都行，饅頭、麵條，配它都行。人們都知道開小鋪的安徽兩口子做飯就用那個小蜂窩煤鐵皮爐子，那爐子就擺在外面，總不得空，一會兒水開了，一會兒上面又在蒸老玉米了，一會兒那爐子上又在炒菜，想必那茄子也要在那上面烤。那女的，真是年輕，模樣就像是還在上學的中學生，卻是兩個孩子的母親。她的手腳特別麻利，到了晚上，別人在那裡打撲克牌、下棋，她會燒一壺水給人們喝，這壺水喝完了她會再替人們燒一壺。沒事的時候她又在那裡擇菜了，都是賣剩的各種菜，豆角和茄子都切了，晾在那裡等冬天吃。她還醃泡菜，那個大的玻璃泡菜罈子也放在門口。

他們的小鋪很小，兩口子在貨架後放了一張床，很窄很窄的一張床，簡直是一個窄條，因為窄，也許都不能算是床了，這就是他們歇息的地方，但這兩口子到底怎麼歇的，簡直就是個祕密。再比如，人們說：這兩口子總要做夫妻的那種事吧？但他們怎麼做？什麼時候做？誰都想像不來，人們忽然都很同情這年輕的兩口子，如果是一般人，整天像他們那麼忙來忙去，身體肯定會受不了。但這小倆口，身體總是那麼好，出來進去出來進去，一刻也停不下來。因為他們的小鋪緊貼著路口，又總是亮著燈，後半夜乃至凌晨，時不時都會有人過來買東西，大多是跑夜車的司機。

那個老王，也就是對面社區看門的，對這小倆口說：「要是換成我，讓我這麼忙，我早玩完了。」這小倆口，男的比較愛說話，女的也只是笑，總是在笑。

小夥子說了：「我們總比橋下那戶人家好。」他這麼一說，老王就朝那邊看，其實他什麼也看不到，那邊有樹，有花池子，花池子裡是晚飯花。除此，別的他什麼也看不到，更看不到橋下那戶人家。

老王說：「昨天又看到那孩子了。」

「不像是撿破爛的。」老王又說，說那孩子穿得滿乾淨。

開鋪子的小夥子停下工作，想了想，其實他也是白想，他也不知道橋下面養蜂的那戶人家的孩子做什麼？那孩子不小了吧？像是十七八了，十七八還能叫孩子嗎？但不叫孩子叫什麼？管他叫什麼。其實誰也沒時間去看那孩子做什麼，這當然也包括開小鋪的安徽小夥子，他只是覺得自己現在的情況要比橋下面那戶人家好多了。那戶人家，應該是一家人吧？就住在橋下，連堵牆都沒有，只有一排一排的蜂箱。因為在橋下，好處就是他們淋不到雨，如果雨下大了，雨水會直接流到河裡，所以他們選擇住在橋下，在那地方放養他們的蜜蜂，如果蜜蜂可以說放養的話。但他們其實也不能說是放蜂，他們幾乎整年都在那裡待著，讓人們知道放蜂和放羊其實不一樣。

帽子橋

這座城市，有開不完的花。怎麼說呢，他們住在橋下真的要比在別處好。白天，他們不知都去了什麼地方，只有蜂箱在那裡，還有飛來飛去的蜜蜂。有時候，人們吃早飯的時候，可以站在橋上看到他們還在睡覺。兩隻光腳在外面露著，身體看不出是被什麼顏色的被子蓋著。這是夏天，到了冬天，這戶人家怎麼還會在橋下？蜂箱也在橋下，只不過被蓋上了東西。有幾次，老王看到橋下面的人在打衣服，是那個女的，衣服上有許多白粉，「啪啪啪」打好一氣。有時候，人們還可以看到橋下面的人在吃飯，也不知道他們在吃什麼，反正是埋頭在那裡吃，誰都不抬頭。

這天早上，開鋪子的安徽小夥子看到一個中年女人，輕手輕腳下了那座斜橋，手裡拎著個塑膠袋，走到橋下面那戶人家的旁邊。那戶人家都還在睡覺，這個女的把塑膠袋輕輕放下了，安徽小夥子當然猜不出那塑膠袋裡放的會是什麼，但可以肯定的是那是吃的東西。是吃剩的還是專程買來給橋下那戶人家的？這讓安徽小夥子想了半天，這只讓他覺得有些溫暖，只覺得那女的心地真好，心腸真軟。

「問題是，他們連個電視都沒有。」安徽小夥子突然說。

「連燈都沒有，還看什麼電視？」老王說。

「養蜜蜂很麻煩。」小夥子說自己最怕蜜蜂了。

「也有好處。」老王說。

小夥子看著老王，想知道他說的也有好處是什麼好處？

「住在那下面不用繳房租。」老王說。

小夥子就「呵呵呵呵」笑了起來。

在橋下養蜂的這一家人，已經在橋下住了一年多了，一年四季，風風雨雨，這不由得讓人想他們的家會在什麼地方？河北呢還是在河南？或者山西，也許又會是山東？如果他們只是在橋下短暫地待那麼幾天，人們就不會有太多的想像。因為他們待的時間實在是太久了，和他們的蜜蜂在一起，春天過了，夏天還在；夏天過了，秋天還在；秋天過了，冬天還在。這不能不讓人們在心裡……怎麼說呢，有那麼點難受。怎麼回事？他們的家呢？他們難道就沒個家，他們的家在什麼地方？或者是，出了什麼事？怎麼連冬天都待在這個地方。甚至有人想他們會不會是逃犯，做錯了事，有家難歸。但想想又不可能，他們畢竟有那麼多蜜蜂，人們還看到他們在橋上賣蜂蜜，還賣蜂王乳，還有黃黃的花粉。附近人們對橋下

帽子橋

這戶人家的態度……怎麼說呢，是心裡有，而又不便過去搭訕。有時候，有人把一雙穿過的鞋子放在那裡了，意思就全在裡面了，就是送給這家人穿；有時有人把幾件穿過的衣服也放在那裡，也是放下就走。衣服的大小、能不能穿，誰也不知道，但是有這個心思。

天冷下雪的時候，走在橋上的人會不由得停下腳步往下面看，下面的人用被子把自己裹得嚴嚴實實得還沒起來，一動也不動。這時候河裡都已經結了冰，到處是白茫茫的，西北風刮得很強，人們擔心了，人們怎麼能不擔心，橋下這戶人家露天睡在那裡，他們會不會被凍壞？會不會出什麼事？這麼大的城市，那麼多的房子，怎麼就沒他們的一間呢？他們為什麼不回家去？他們的家在什麼地方？人們站在那裡朝下面看老半天，但不用擔心，到了晚上天快黑的時候，橋下面又有動靜了，是那個女的回來了。那個女的白天的時候總是不在，只有那個男的在弄他的蜜蜂，人們總是看到一團一團的蜜蜂圍著他。有時候人們看見他蹲在河邊洗手，人們就想他那手上該有多少蜜啊，都洗到河裡了。

附近的人們天天要從這橋上走過，不是從橋西邊過來就是從橋東邊過去，所以能天天看到這一家人，還有他們的蜜蜂。橋的西邊有兩所學校，還有一座花園，早上去西邊送孩子上學的人就要從這座橋上過；晚上再去一次，這次是去把孩子從學校接回來。過了橋，橋頭那地方還有一家門面朝東的小餐廳，那種在北京到處都可以見到的炒肝小店，順帶著賣小籠包子，還有稀粥，過了炒肝店，緊鄰著的是一家新疆人開的「馬克沁」餐廳，裡面有饢包肉，很好吃，還有烤肉串。夏天的時候，比如這幾天，天氣特別熱，人們就愛坐在外面吃烤串喝啤酒，一邊吃一邊看河裡的人游泳，這在白天不可能，誰也不能下河，到了晚上就沒人管了，橋下的水又不深，站起來，水才齊人腰。天氣太熱了，不少人都下水了。而開小鋪的那個河南女人也往往在這條河裡洗她的菜，只不過她是在河這邊洗，下河游泳的人都在河那邊。她要把第二天賣的菜都在河裡泡一泡、洗一洗，到第二天菜才不會枯萎。

橋下的這條河，總是那麼平靜，但碰上下大雨的時候水會猛漲，據說有一年水都淹了橋欄，但所有人都不相信會有這種事，那要有多麼大的水，人們在橋上說這話的時候，總會忍不住往橋下看，下面的河水，真是沉得住氣，慢慢流著，不細看簡直就看不出它在流動。

人們看到了，橋下那戶養蜜蜂的人家正在吃飯。有一個風箏忽然掉下來了，放風箏的人都知道，收風箏的時候，風箏有時候會猛地一下子掉下來。這時就有一個風箏掉下來了，下面那個養蜂的馬上就把風箏舉著送上來了，這人什麼模樣，說話什麼口音，沒人留意，就像沒這個人。

「媽的，讓你掉，浮——」

放風箏的把風箏接過來了，朝風箏吹了口氣。

那個看門的老王這天來了，手裡拿著一個很大的琺瑯茶缸，說是要一點開水，倒了開水他又不走了，像是有話要對開店的安徽小夥子說。小夥子能看出老王的興奮，這時候有人來買菸了，小夥子把菸和要找的零錢遞給買菸的。這時候那個歲數都一百多歲的老太太又出現在垃圾箱旁邊了，拄著一根拐杖，她總是一天到晚在垃圾箱裡翻垃圾，孩子們誰都管不了。人們說，都一百多了，她愛做什麼就讓她做什麼吧！要是不讓她做，也許她就活不成了，人們說就當是她的一種愛好吧！人們都不知道這老太太怎麼就活到了一百多，而且還能聽見人們說話，還能把撿到手的垃圾弄回家。

這座社區，原來是一座村子，後來地被徵收了，就有了現在的社區，但許多的村民還住在這裡，不同的是他們的平房和院子都沒有了，他們都住在社區的樓

房裡了，沒田種了，他們熟悉的老玉米、高粱、穀子，或者是白菜啊，菠菜啊，蘿蔔啊，一下子都離他們老遠了。他們過上了全新的生活，但他們未必就喜歡這樣的生活，他們爭著搶著要在院子裡種東西，絲瓜、玉米、老南瓜，還有向日葵。這樣一來呢，讓這座社區有了別樣的景致。那幾棵香椿樹，春天剛剛來到的時候可真是受了大罪，才長幾簇嫩芽就被人們打了；再長，馬上又被人們打了。打來打去，人們都覺得今年這棵香椿怕是活不成了，但天大熱起來，吃香椿的季節一過，這香椿樹又蓬蓬勃勃起來，人們有時候會抬頭看看它，說一句：「這香椿還真能長！」不知是誇獎呢還是在說這棵香椿的不是。

住在這裡的人們，現在也都習慣了這裡的日子，樓雖高，老太太老頭子們上來下來也沒覺得不方便，因為有電梯，那個已經活了一百多歲的老太太，過慣了拾拾撿撿的日子，誰能不讓她來撿垃圾呢？她還有一個鄰居，也快一百歲了，也是個老太太，而這個老太太歲數太大的結果就是總是記不住自己的家門，到時候就會到處敲門，敲得很響，人們一聽到這敲門聲，不用問，是老太太找不到自己的家了，此時就會有人慢慢把老太太送回去。這個老太太的兒子六十多歲了，但還沒結婚，鄰居們說這孩子可孝順呢，他不但有這麼個老媽，還有那麼個老爸，老爸白痴了，大冷天穿條衛生褲就出去了，到處走，在屋裡的時候呢，會到處撒尿。這樣一對老夫妻，這樣的老爸老媽，再孝順的孩子也受不了，他們那六十歲還結不了婚的孩子有時候會大聲地罵人，罵的聲音很大，連樓下院子裡的人們都能聽到，但他罵誰呢？下面的人誰也聽不出他在罵誰，人們知道這只是一種發洩，一個這樣的媽，一個那樣的老爸，夠他受的。

老王往那邊看看，說：「若是像這樣，我才不願活到一百歲。」開小鋪的安徽小夥子說，活多久可由不得人。老王不看那邊了，那老太太也沒什麼好看，老王把話鋒一轉，說：「你說我看到誰了？」

小夥子看著老王，說：「是不是老劉？出院了？」

老王說：「什麼老劉，是那個橋下的。」橋下的有什麼好說的呢？其實也沒什麼好說的，老王說他看到那個女的了，就在賣雜糧麵的那間店裡頭。

「哪間店？」小夥子說。

「還能有哪間店？」老王說，過了花園北門往西超市門口的那一間。

安徽小夥子想起來了，順著河往南走，再往西，再朝南，就是那座老花園了，那座老花園裡面的大湖被當地人稱為「龍潭湖」，也不知有多少年了，人們叫那座花園就直接叫「龍潭湖」。開店的安徽小夥子喜歡那地方，早上那地方十分熱鬧。

「那女的在那裡賣雜糧。」老王說。

「就這事？」小夥子笑了一下，他以為老王有什麼大事要說呢。

老王看著小夥子，說：「他們生活也許一點都不比你差。」

「為什麼非要比我差呢？」小夥子在心裡說。

「你別看他們住在橋下，一年到頭什麼都省下了。」老王又說。

「換作別人也不會住在那種地方。」小夥子說。

「這種人可厲害呢，可有心機呢。」老王說。

開店的安徽小夥子忽然覺得心裡有那麼點難過，他不想說話了。

「要下大雨了。」老王說沒見過天氣這麼熱的。

「就是熱，真熱。」小夥子說。

「天黑就好了。」老王說。

小夥子知道天黑以後老王天天都要下河游泳。

「多好，順便連澡都洗了。」小夥子對自己老婆說，小夥子也很想下河涼快涼快，但他不會游泳，所以他也不敢下去。

「我要是會游泳就好了。」小夥子說。

「隨便撲騰，撲騰撲騰就會了。」老王說。

「別下去。」在一旁的小夥子的老婆馬上說話了。

「旱鴨子還想戲水。」又來一句。

「晚上真的要下了。」老王說這天氣可真是熱得有點不像樣。

老王看了看天，天上沒多少雲彩。

開店的安徽小夥子也跟著抬頭看了看天。

「老天爺的事誰也說不準。」小夥子說。

天氣真的太熱了，悶熱悶熱的，小夥子提了桶水到裡面沖涼去了，也就是用毛巾這裡擦擦那裡擦擦，但很快汗就又出來了。

「媽的，這麼熱。」小夥子說。

「下場雨就好了。」他老婆說。

雨是後半夜才開始下的，這雨下得可真大，因為是後半夜，人們都睡了，雷聲，雨聲，風聲一下子就都來了，雷聲肯定是在天上，從天下往下劈，一下子就劈下來，而風聲和雨聲卻一時沒了方向，從什麼地方「轟隆隆轟隆隆」地刮了過來，刮倒了什麼，又刮倒了什麼，發出了巨大的聲響，又朝什麼地方「轟隆隆轟隆隆」地刮了過去，又刮倒了什麼，又刮倒了什麼，又發出了駭人的聲響。許多人都被猛的一個又猛的一個的焦雷炸醒了，他們從睡夢中驚坐起來，很快又躺下去，很快又睡了過去，但馬上又被下一個焦雷嚇醒。晚上的這場雨有多大，人們大多都不知道，但人們都知道晚上這場暴雨肯定是小不了。

天亮了，雨幾乎停了，但還零零星星地下著，有人出去了，驚叫了；又有人出去了，又驚叫了，到處都是一片驚呼尖叫。有人看到了自家的車被倒下的樹壓壞了，車窗玻璃已經粉碎了，已經變了形，但還在汽車車窗上掛著；有人看到了不知從什麼地方刮來的一張巨大的看板，看板上的美人的臉被撕成了三角褲的模樣，美人的半張嘴和一隻眼還在上面盈盈地笑著。開店的安徽小夥子先出去，他一眼就看到了橫躺在路上的那棵樹，再往外走，他又馬上跑了回來，因為水已經淹到了他的腳踝。他把鞋子脫了，又從小鋪西邊出去，眼前是白晃晃的一片，都是水，他看不到路了，到處都是水，還有被風吹倒的樹，它們是枕藉相臥。再往外走，安徽小夥子看不到河了，因為那河水早已經和路上的水平行了，是一大片的水，有一輛小汽車在水面上漂著，過來了，又過去了。河面上，又有一輛小汽車漂下來了，很快就又過去了。小夥子張大了嘴，這太讓他吃驚了，他看到了帽子橋，帽子橋現在可真像是一頂浮在水面上的帽子。許多水面上的漂浮物漂到帽子橋那地方就漂不動了，都在橋那地方聚集起來，因為水已經幾乎淹到了橋上。

這時候安徽小夥子聽到身後有人叫了一聲，是老王。

「完了！完了！」

安徽小夥子轉過了頭。

「完了！完了！」老王大叫著，指著帽子橋。

「那家人完了！」

小夥子朝那邊看，那邊有什麼呢？還是白花花的水，水一直淹到了橋上，和橋平行了，那戶人家，還有他們的蜂箱，到底是在水底還是在別的什麼地方。這時候水面上又漂來了東西，是一棵大樹，在水裡沉沉浮浮地漂過來了。又一棵樹，又漂過來了。這些水面上的漂浮物都聚在了帽子橋那裡，是帽子橋攔住了它們的去路，這樣一來呢，它們怎麼能不憤怒起來，它們擠在一起，你擠我我擠你地在水面上堆了起來，它們的意思也不難看出來，它們想返身回去，但它們的想法無法實現，河裡的水推著它們，它們只能越堆越高。有人說再這樣下去帽子橋就怕保不住了；有人說這場雨可真夠嚇人，昨天晚上那雷打得可真夠厲害的。

不管人們怎麼擔心，不管人們怎麼害怕，到了這天下午，水還是慢慢慢慢消了下去，帽子橋的橋身、橋墩慢慢慢慢又從水裡顯露了出來。又過了一天，河水又回到了原來的那個位置。開店的安徽小夥子和那個老王最關心的是橋下面的那戶人家，還有那些蜂箱。但那下面現在是什麼也沒有了，水把那地方沖得乾乾淨淨。老王把這兩天的報紙看了又看，這天他終於覺得自己有點傻，他覺得自己應該去那間雜糧店看看。

「那女的好幾天都沒去那地方上班了。」

老王還專程過來告訴小夥子，說那個女的好幾天沒去那間店裡上班了。

這時候有人來了，要買一盒菸，小夥子去招呼了，他聽見老王還在那裡說：

「那戶人家呢？那些蜂箱呢？」

「你說他們、你說他們、你說他們……晚上那麼大的雨。」老王又對小夥子說。

小夥子不知道該怎麼回答，這時候又有人來了，要兩瓶優酪乳。

「你說他們會不會……？」老王又說。

帽子橋

小夥子把優酪乳遞給顧客，不知道該說什麼，心裡很不是滋味。

這天下午天又陰了，而且陰得很厲害，但到了晚上卻沒有雨從天上落下來，天又很熱，許多人又都下了河，老王當然也下了河。他下了河，卻沒像往常那樣沿著河邊游，而是朝河對岸，朝橋那邊游，他一直游一直游，一直游到了帽子橋那邊，他趴在水泥墩上往那邊看了一下，橋下面什麼都沒有了，只有一層厚厚的淤泥。

登東記

說到廁所，過去的大雜院、平房、機關大院、電影院、浴室、理髮店到處都有，在街上，走不遠也都會有個廁所，沒廁所行嗎?不行，人們吃了就要拉，一個人不拉屎行嗎？一天不拉還行，兩天不拉這個人就會急了，三天不拉就得看醫生了，如果十天半個月不拉，那事情可就大條了，到時候你自己都會往醫院裡跑，找醫生幫你灌腸，那可不是什麼好事，沒人願意脫掉褲子讓醫生替你做那事。

我們早先住平房的時候，那是很大的一個院子，房子是一排一排的，大門在北邊，一進大門，左手是一排一排的房子，右手也是一排一排的房子，一共幾排呢?左右一共十二排，也就是說左邊從北到南是六排，右邊從北到南是六排。這個院子不能算小，而那個大廁所在院子的南邊靠東的地方。廁所當然會分男廁所和女廁所，男廁所在南邊，女廁所在北邊。廁所的門開在院子裡，而可以清茅廁的那些糞坑卻是在院子外面。那時候，鄉下的老鄉們會定期過來清茅廁，也不會驚動什麼人，在院子外面就可以解決了，因為我們那個院子的廁所很大，清茅廁的一定會趕著一輛大車來，大騾子大馬拉的那種大車。要是在夏天，下了急雨，雨水灌進了廁所，這就是麻煩事，就會破例要人去把話捎到鄉下，讓鄉下人進來一趟把糞清一下。夏天的糞車上有許多大木桶，那木桶可真大，一個接著一個，都有蓋子，是專門用來盛大便的。因為是夏天，茅廁裡的大便是稀的乾的都有，很不好清；不像冬天，大便都凍硬了，簡直硬得像石頭一樣，得用工具把它們一塊一塊破開才能裝到車上。所以進城清大便最好是在冬天，夏天做這件事，誰都不太願意。但我們那個院子的廁所因為清得勤，從來都不會稀湯洸水漾得滿滿的，除非是連續下幾天大雨。鄉下人進城清大便的時候，會在院子外的茅廁坑後面喊幾聲，去解手的女人們就知道後面在清糞了，該去的也就不去了，多走幾步去別處解決了。

我們那時候住的大雜院通稱「互助里」，這真是個很好聽的名字，有勸誡的意思在裡面，要人們凡事都互相招呼互相幫助。那時候誰都知道互助里是西門外一帶的大里，分一棟、二棟、三棟、四棟、後來又有了五棟，每棟都有廁所，去廁所不會是個問題，而我們的小學校卻只有一間。在三棟和四棟之間，那是一片空闊的地方，可以讓孩子們跑步踢足球，互助里五棟樓的孩子們都在這所學校裡面讀書。學校裡的廁所也是廁所門開在院子裡，清大便的坑卻在院子外。冬天清大便，也真是辛苦，整個人要跳到茅廁坑裡去，用鐵釬子、鐵鏟子「吭哧、吭哧」地把被凍得結結實實的大便弄成一塊一塊的再裝車。雖說是弄大便，但這也是一門技術，把凍得很結實的大便鏟成方方正正的塊再裝上車不是件很容易就能做到的事。這時候一輛車恐怕不夠，也許就來了兩輛或三輛車，這往往是過春節前的時候，鄉下那些勤勞而辛苦的人會把茅廁坑裡的糞清理得乾乾淨淨，再用車裝好了，然後，載走了。這麼一來，人們就可以過個很乾淨的年了。

春節前清理茅廁大便的時候，街道幹部會出面，她們大多都戴著紅手臂箍，她們會挨家挨戶去通知一下，「要清糞坑了，下面有人，誰也別去廁所，堅持堅持。」她們還會站在廁所的門口不讓人們進去，當然是不讓那些女人們進去，院子裡的女人們也不會進去，「有人在茅廁坑下面呢！」那時候的茅廁裡的蹲坑上都有長方形的木蓋子，上面有根直棍可以把這蓋子提起來或再蓋上去。我父親帶我去廁所，總是一次次地教我在蹲坑的時候要把那個蓋子提起來，拉完屎再把那個蓋子給蓋上。

而父親帶我去廁所是我四五歲時的事，父親對母親說我們院的廁所蹲坑也太大了，小孩子掉下去可不是鬧著玩的。父親總是擔心我掉到糞坑裡面去。父親每次去外地出公差之前，總會把我的哥哥叫到跟前說：「你弟弟去廁所你們得帶著他，小心掉下去。」父親蹲坑的時候總會抽上一根菸，有時候還會把菸遞給在旁邊坑上蹲的人，不用問，那個人是我們一個院的鄰居，有時候還會互相要張衛生紙，去廁所的時候急了，誰都有忘了拿衛生紙的時候。

大雜院的廁所都很大，是一大溜兒蹲坑，還隔著牆，一邊蹲坑一邊隔著牆說話。我那時候還不會自己用衛生紙擦屁股，我早早拉完了，會一遍一遍撅著屁股大聲喊「拉完了——拉完了——」，要父親幫我擦屁股，父親總會說：「急什麼急？急什麼急？」再到後來，我會說：「我要掉下去了——」我這麼一說，父親就會馬上過來了，讓我把屁股撅起來，那年我最多五歲。

再後來，我們全家都離開了那個大雜院，搬到了一個名字更好聽的地方去，那地方叫「花園里」，那地方的名字不但好聽，房子也好看，是樓房。很大的一個院子裡，齊齊整整一共八棟樓。大院是個正方，南邊一個院門，東邊一個院門，北邊卻沒有，西邊也沒有。為什麼沒有呢？沒人會想去問這個問題。

院子東邊有個菜鋪，很大的菜鋪，這個菜鋪有多大呢？為了從鄉下拉菜，菜鋪的後院裡居然還養著兩頭毛驢，因為這個菜鋪緊鄰著我家那棟樓，晚上睡夢中我都能聽到驢在打響鼻：「撲嚕嚕嚕，撲嚕嚕，撲嚕嚕嚕，撲嚕嚕。」或者聽見驢在叫：「昂昂，昂昂，昂昂昂昂，昂——」每天都要來那麼幾聲。母親有時候聽了會笑，會對父親說：「聽，吊嗓子呢。」父親也跟著笑，因為我們早先住的那個大雜院裡有一位姓張的工程師，他喜歡唱青衣，每天早上都會吊那麼一段，而且還是自己拉胡琴，是自拉自唱。我知道，我的母親話裡有話，是想起那個姓張的工程師了，但我們現在已經搬走了，不在那個大雜院住了，我的母親和父親都認為一個大男人「咿咿呀呀」唱青衣是件很好笑的事。

這是菜鋪，菜鋪旁邊是一家小雜貨店，就這家小雜貨店，裡面幾乎是什麼都有，搬家之後，我們吃什麼用什麼一般都要去這家店買，買乾冬粉、海帶、金針花、花椒、八角、醬油和醋，還有白糖和父親愛喝的那種散裝高粱酒，放酒的黑罈子上一律都蓋著用紅布做的那種蓋子。這家小店還賣肉，賣肉的售貨員姓岳，人瘦瘦的，見了面總愛和父親說幾句話。快過年的時候也是店裡最忙的時候，總是擠滿了人，有些東西要排隊才能買到，母親讓我去排隊：「這麼大了，也該幫家裡做點事了。」父親卻不願意，父親說：「那麼多人，擠壞了怎麼辦？」父親會自己去排隊。雜貨店西邊呢？怎麼說，還有一間店，卻是賣糧的糧店，人們買糧食就都去那地方。母親要我去買兩束素麵，因為家裡來客人了，再擀麵來不及了。父親說：「別蹭得孩子一身白。」父親又自己去了，父親是太愛我了。不一會兒，父親手裡托著兩束素麵回來了。剛搬到這個新大院的時候，父親總說我們這個新大院好，好就好在買東西太方便了。

「要糧有糧，要菜有菜。」我父親說。

我母親在旁邊會馬上刺他一句：

「要酒有酒，再來二兩。」

我父親笑了，他就是愛喝那麼一口。

「當然還有豆干。」父親說。他這是逗母親。

父親喝酒的時候喜歡配幾塊豆干，而且還是那種燻豆干，母親說那豆干是用馬糞燻的。「也許連馬糞都不是，是用驢糞。」母親笑著對父親說。「用羊糞燻我也照吃。」父親說。父親還喜歡吃毛蛋，那種死在蛋殼裡的小雞，剝開殼，團

團的、毛茸茸的一隻小雞，父親一邊吃一邊還會自己對自己說：「真討厭，我怎麼會吃這種東西。」他這是對自己的批判，對自己的批判歸批判，但他還是照吃，總是煮一鍋，味道有那麼點古怪，除花椒八角的味道之外，還有一種說不清的味道。父親吃毛蛋喝酒的時候總會叫上一個朋友，是個山東人，水暖工程師，長一個很大的酒糟鼻，他那鼻子可真夠紅的，像很大顆的草莓。他們一邊吃一邊喝一邊自己動手剝毛蛋，蛋殼已經剝了一大堆了，但他們還在喝。他們可真能喝。但父親忽然不喝了，他聽到了什麼，有人在外面一聲一聲地吆喝。

「是換雞蛋的。」父親聽聽，說。

「現在一斤雞蛋換我們多少玉米麵？」山東大鼻子說。

「十斤換一斤。」父親說。

「什麼時候糧食才不緊張啊？」山東大鼻子說，「鄉下人真夠苦的。」

父親不說話了，我那天怎麼就想起說話了？我本來在寫作業，我忽然對父親說：「鄉下人怎麼就不愛吃雞蛋，倒喜歡吃玉米麵？」

父親突然不說話了，看著山東大鼻子。

山東大鼻子朝我這邊看，這讓我很不自在。

父親忽然對大鼻子山東人說：「你瞧瞧，我這個兒子真夠混蛋！」

父親是偏愛我的，我對父親說：「我怎麼混了？」

「你還不混，說這種話！」父親說。

「那他們為什麼不吃雞蛋？拿雞蛋換玉米麵。」

我父親又把他剛才的話重複了一遍，這回不說「混蛋」，而是說「混球兒」。

「我兒子真是個混球兒，小混球兒。」父親說。

「大了他就該明白了。」山東大鼻子說。

「不對，」父親說，「好好餓他幾天就明白了。」

我小時候挨過餓嗎？沒怎麼挨過。只有在剛剛搬到樓房裡住的時候有幾次晚上去廁所，一下子從床上掉到了地上。還有就是去了廁所總是忘了沖馬桶，我母親說：「你拉屎讓別人沖，你臭不臭啊？你臭不臭？」

母親想起排子房大雜院的廁所來了，說：「你要是再不沖，就回舊院解手！」

「我要是拉肚子呢？」我對母親說。

母親哈哈哈笑了，說：「你是你爸的心肝寶貝，拉你爸的嘴裡去。」

「有這麼說話的嗎？」父親聽到母親的話了，但他並不生氣，他在喝酒呢！

「還是家裡有廁所好，颳風下雨不用踩一腳爛泥。」父親說。

母親說：「好什麼好，你沒見有人跑到對面牆角小便，多不雅觀。」

父親不說話了，好一會才又說：「可不是，這麼大的院子，都沒個廁所，讓他們怎麼辦，總不能溺到褲子裡。」

這一天，終於有事了。

直到多少年以後，我才知道我們的樓房院子再往北的那座村子叫「宋莊」，宋莊那邊有條鐵道，有時候，晚上我會聽到火車響，一陣一陣在夢中響過來，響近了，再慢慢響著遠去，還拉著一聲一聲的汽笛。有時候父親出差去了外地，那幾年，父親總是出差，走的時候會跟母親交代好，去幾天，幾號回來，回來的時候大致又會是幾點的車。母親會把父親要帶的糧票和零用錢數好了讓父親帶上。父親走一天了，走兩天了，走三天了，走一個星期了，父親要回來了，父親要回來的晚上，母親會在火車汽笛響的時候說：

「聽，你爸爸就這趟火車。」

這樣的晚上，母親總是穿著衣服在那裡等，而我們卻馬上又睡著了。

再說說宋莊吧，宋莊那邊還有個小月臺，月臺上總是堆著不少東西，我們去

登東記

那邊玩，總是被月臺上的人給喊開。月臺東邊，有個很高很高的高壓線鐵架子，但這個架子被廢了，沒有電線了，我們就可以爬到上面去玩。從上面往下看，下面都是莊稼地，玉米黑綠黑綠的，還有高粱，紫紅紫紅的，還有穀子，這些莊稼我都認識，各種的莊稼，各種的顏色，一片一片連著，很好看，一直鋪排到西邊的山那邊，山那邊總顯得很寂靜，連個人影都沒有，這就讓人心裡很惆悵。

我們爬到高壓線的鐵架子上去玩，可以看到下面的月臺有人在搬東西、扛東西，停在那裡的火車忽然又要開動了，開動之前要放屁，「吃吃吃吃」的。站在上面，我們還能看到下面那座名叫宋莊的小村子，那條土路可真是白得晃眼。有人從村裡出來了，是三四個女人，都提著籃子，從村裡出來，一轉，上了那座小橋，下了橋了，再一轉，往這邊過來了，她們要走過這個高壓線的鐵架子，再從這裡往東走，東邊就是大同城，其實她們應該是先走到我們那個院子，因為我們的院子靠這邊最近。和我一起出來的小夥伴說：「她們肯定又要去換糧食了，用她們的雞蛋。」他這麼一說我就明白那幾個女人提的籃子裡是什麼了，是雞蛋。我們待在高壓線的鐵架子上能把這些事都看得清清楚楚。沒人從下面過的時候，我們會在上面比賽撒尿，看誰撒得遠。我們正撒著尿，下面忽然有人喊開了，有人突然從莊稼地裡冒出頭來了，他在田裡做什麼？這人手裡拿著鐮刀，他在田裡割草，他朝我們喊，還把手裡的鐮刀朝我們舉了舉，「再往下撒尿，小心把你們的小雞雞給割了！」這人喊完又不見了，又割他的草去了。這年的莊稼長得真好。我們繼續在上面待著，就是不想下去，我們待在上面，什麼也不為，就只想一直那麼待下去。

我們又看到了，宋莊村口停的那幾輛馬車，車轅都朝天立著，和我一起的小夥伴說那都是些拉大便的車，他這麼一說我就又想起我們的平房大雜院來了，想起一到冬天就過來拉大便的鄉下人。「吭哧、吭哧」鑿一整天大便，然後圍著那個小火堆吃點乾糧，然後趕著他們的車走了，那頭拉車的騾子，兩個鼻眼兒裡一下一下冒著白氣，天是多麼的冷啊！我的父親說：「這麼冷的天，他們在外面吃，他們能吃什麼呢？」「天這麼冷，怎麼也得喝點開水吧？」父親又說。

我有點懷念我們的排子房大雜院，甚至還有點懷念我們那排子房大雜院的廁所。

我對我的小夥伴說：「我們那個廁所可真大！」

「你掉進去過沒？」我的小夥伴說。

這是什麼話！我說：「你才往那裡面掉呢！」

我們都不說話了，都看著下面，下面的莊稼真綠，都綠黑了。

那個割草的人又從田裡鑽出來了，他又去了另一邊，到另一邊割他的草去了。

我的母親，不知從什麼時候起就不再去工作了，因為我的弟弟都五歲了，五歲了還不會走路，所以我的母親只好待在家裡照顧他，教他學走路，可他病了，發過一次高燒後永遠不會走路了。所以有什麼事，父親就總愛帶我一個人出去，比如出去釣魚，比如出去挖蚯蚓，比如到城外很遠的地方去找蟬蛻，比如去商店買這買那，那時候我簡直就是父親的跟屁蟲。

我的父親，對生活總是充滿了奇思妙想，這年的春天，他忽然想在院子的前面種一株葡萄，父親帶我去了一中，一中的校園裡種了不少葡萄。父親跟學校那邊的人討了兩棵葡萄秧子，父親對我說：「明年你就等著吃葡萄吧！」父親已經在前面的院子裡挖好了坑，那個坑不大，我跳進去，再一跳還能跳出來。葡萄秧子就要種在那個坑裡，但這時候一個鄉下人出現了，這個四十多歲的鄉下人臉通紅通紅的，他到處走、到處看，一個圈一個圈地轉，看樣子，他急得不得了，急得不行了。他臉憋得通紅，在我們的院子裡問了一個人，又問了一個人。我父親注意到他了，我父親過去了，然後，我的父親急急忙忙放下了手裡種葡萄的事，急急忙忙把這個鄉下人領到家裡去了。我跟在父親的身後，不知道發生了什麼事，我看著我的父親把那個臉憋得通紅的鄉下人領進了我們家的廁所，父親要我們都回房裡去。

「要不他會不好意思的。」父親小聲對我和母親說。

我和母親就都進了裡屋，而且把門也關上了。

「要不他就拉褲子裡了。」父親又小聲對母親說。

「這麼大個院子沒個廁所可真不是個事。」父親又說。

也不知過了多長時間，父親出去了，那個鄉下人早已經不在了。

快到中午的時候，母親該做飯了，她去了廚房，我們的那個廚房可真小，一進門是個案子，母親就在這個案子上為我們做各種吃食，麵條啊，饅頭啊，烙餅啊，餃子包子啊，切菜也在上面，緊鄰著案子就是灶臺，灶臺上是兩個灶眼，前面這個灶眼做飯炒菜，後面那個灶眼已經把一壺水燒開了，轉過身就是那個水泥池子，水泥池子上方有三個架子，我們的吃飯傢伙都在那上面擱著。這樣小的廚房是沒辦法放糧食的，我們家的糧食就都放在裡面的房間裡，那是許多的袋子，放白麵的一個，放玉米麵的一個，放豆子的一個，放小米的又一個，還有一個袋子最小，是放大米的袋子，那時候的大米很少。

母親去了廚房，母親要做飯了，她忽然喊了一聲父親，母親總是把父親喊作「老王」，母親說：「老王你來。」母親發現了什麼。我馬上也跟著去了廚房，我可是對家裡的什麼事都感興趣，在廚房一進門的那個案子上，那是什麼？那是雞蛋，十顆雞蛋。母親對父親說：「你怎麼把雞蛋放在這個地方。」但母親和父親馬上都明白了，這雞蛋不是父親買的，這雞蛋是那個鄉下人留下的。

父親馬上去了一趟院子，東看看，西看看，那個鄉下人早就不在了，快中午了，快到了吃午飯的時候了，父親還在那裡站著，他希望那個鄉下人出現。父親站在那裡自言自語：「這麼大個院子沒個公共廁所可真不行，這麼大個院子沒個公共廁所可真不行。」父親自言自語的時候我就站在父親的身後，那時候，我可真是父親的跟屁蟲。父親又說，像是在對我說：「廁所是要修到東邊的，可我們院子的東邊是商店菜鋪和糧店。」我問父親：「廁所為什麼非要修到東邊？」但我馬上就想起來了，我們舊院的廁所可不就在東邊。父親說：「古時候人們把去廁所叫『登東』啊！」我再問，我再問：「為什麼叫『登東』？」父親說因為廁所在東邊啊，我再問，我再問：「為什麼廁所要在東邊？」

父親被我問住了。

「都快過了吃飯的時間了，我們回去吃飯吧！」父親說。

吃飯的時候，父親又對母親說：「這麼個大院，沒個廁所可真不行。」

「吃飯吧，吃飯吧。」母親說。

「還是舊院好。」父親又說。

「我知道父親在說什麼了，」我馬上也說，「還是舊院好。」我看了看父親，父親正看著我，我知道什麼話該說什麼話不該說，下面的話我就不說了。但我不得不說，我又想起什麼來了，我對父親說：

「我們學校的廁所也在東邊。」

我父親不再說這些了，卻和母親說葡萄的事，說葡萄第二年就會結果的事，「你們就等著吃葡萄吧。」我對吃葡萄的事不感興趣，因為要結葡萄也是明年的事了，我吃完了，我出去了，院子裡什麼也沒有，院子裡很靜。

「那個鄉下人在哪兒呢？」我站在那裡想。

「那個鄉下人現在在哪兒呢？」直到現在，我還在想。

紅骨髓

怎麼說呢，清明節這天早上，天忽然陰了下來，他們一家四口去了郊外。郊外已是一片新綠，油菜花早早開了，真是黃得耀眼。他們是父親母親和他們的兩個兒子，在這個季節的這個日子裡，他們能去做什麼呢？他們的兩個兒子想聽聽他們的父親講講當年的事。講講他們要去的那個地方和躺在那裡的那個人。他們的父親叫王德家，他們的母親叫玉玲。這都是多少年前的事了，但對王德家和玉玲來說，事情就像發生在昨天。

那天，王德家撫摸著玉玲隆起的肚子不停地說：「我們還能生，沒關係，我們還能生，沒關係。」除此之外，他還能說什麼呢？王德家已經逼著自己把事情想通了，但他後悔自己前不久把玉玲懷孩子的事告訴了自己的父母，父母那邊已經開始準備了。而且，他們還悄悄找了醫院的朋友，確定了玉玲肚子裡是懷了兩個，而且都是男孩，這實在是太讓人高興了。王德家準備讓木匠來做兩張小床，而玉玲卻堅持只要一張，她希望她未來的兩個兒子躺在一張床上慢慢長大。

「他們會打架的。」王德家說。這麼一說，王德家就想起了自己在南方另一座城市生活的哥哥，當兵八年復員後就留在了那座城市。他和他哥哥小時候總是打架，王德家說自己也許今年冬天會到南方去住一陣子。到時候也許把兩個孩子都帶過去，玉玲卻不喜歡南方的冬天，她上學的時候在南方被凍怕了。

「算了吧，」玉玲說，「要去你自己去。」

王德家對玉玲說：「小床到時候要塗成藍漆。」

「為什麼要藍漆？」玉玲說。

「我喜歡藍漆。」王德家說。

玉玲卻說她替孩子織毛衣的事：「每次都得織相同的兩件，買鞋也一樣，買什麼都一樣。」

「這下可夠麻煩的。」王德家說。

「大了買腳踏車也一樣。」玉玲說。

「再大了買汽車怎麼辦！」王德家說這可不是什麼好事，到時候我去哪兒一下子找那麼大一筆錢？我們的房貸要還整整二十年！

就在去年夏天，王德家剛剛在這座小鎮的東邊買下了房子，說實在的，他把玉玲的弟弟當成自己的親弟弟，是玉玲的弟弟把他和玉玲叫到這座小鎮來的，讓他們和自己一起住在這個小鎮上做伴，不然他太孤單了。來的那天，玉玲的弟弟對王德家說，希望王德家能把酒給戒了，玉玲的弟弟對王德家說，自己可不希望看到王德家在天天醉酒的情況下，讓自己的姐姐懷上自己的外甥或外甥女。玉玲對弟弟說王德家有可能嗎？「他有可能戒酒嗎？」但是王德家真的把酒給戒了，這真是一件幾乎讓熟悉王德家的所有人都感到吃驚的事，這讓玉玲很高興。戒了酒沒過多久，玉玲真的懷上了，這又是一件讓人皆大歡喜的事。

王德家和玉玲的弟弟在一個業餘球隊，又在一起做事，他們相處到底有幾年了，這好像誰也說不清了，但人們都知道他們的關係很好，就像親兄弟一樣。王德家甚至還對玉玲說自己戒酒一方面也是為了讓玉玲的弟弟高興，倒不僅僅是為了讓玉玲懷上孩子。王德家這麼一說玉玲就急了：「你是同志嗎？你是同志嗎？你是同志嗎？你就是同志也不能同到我弟弟的頭上。」王德家也急了，左跳右跳笑著說自己喜歡玉玲的弟弟是有道理的，「誰叫他是我兒子的舅舅，誰叫我們是一個球隊的。」那時候他們真是夠幸福的，那時候他們誰都想不到玉玲的弟弟會得這種要命的病，骨髓移植可不是什麼小事。

「沒關係，沒關係，我們還能生，我們還能生。」

那天，王德家用手輕輕撫摸著玉玲隆起的肚子，雖說嘴上那麼說，但他心裡真是傷心極了，王德家明白此刻自己是在撫摸自己的兒子，撫摸自己的兩個兒子。自己的兒子此刻正在玉玲的肚子裡做什麼？他不知道，四個月大的胎兒能在母親溫暖的子宮裡做什麼？再大幾個月，據說他們會蹬來蹬去，會伸拳動腿，但他們現在還不怎麼會動。其實王德家的心裡比玉玲還要難受。王德家要玉玲不要哭，在此之前，王德家是多麼希望醫院能為玉玲的弟弟找到配型。王德家還安慰玉玲說，那麼多醫院，上海、北京、南京、江蘇、河南、河北、山西、貴州、雲南，那麼多地方，那麼多骨髓庫，不擔心找不到配型的給妳弟弟。但是，這個世界好像一下子忽然就變小了，可以和玉玲弟弟配型的人一直不出現，一直不出現，好像在玩捉迷藏，這個人一下子藏起來了，誰也找不到他，怎麼也找不到他。直到醫生對王德家和玉玲說，要是再找不到配型，恐怕就要耽誤了。直到這個時候，玉玲才想起自己是不是也應該去化驗一下，既然父親、母親還有姐姐的骨髓都和弟弟的配不上，也許自己的可以呢？也許自己可以救弟弟一命呢？玉玲去做了，檢查結果一出來，玉玲一下子就愣在了那裡，像是被什麼嚇到了，像是被什麼猛地擊打了一下——自己的骨髓居然可以和弟弟的配上，自己居然就是那個醫生找來找去的人。

「德家！」玉玲叫了一聲，抓緊了王德家的手。

「我在。」王德家說。

「我們怎麼辦？」玉玲說。

王德家的另一隻手已經放在了玉玲的肚子上。

「我們怎麼辦？」玉玲說，「除了我誰還能救小弟一命！」

王德家看著玉玲，看著眼淚一下子就從她的眼裡流出來。

「怎麼辦？」玉玲看著王德家，醫生已經對她說了，要是想為弟弟做骨髓移植，就必須把肚子裡的孩子流掉，必須去醫院做流產手術。

就在那天晚上，王德家又喝了酒，但他沒敢喝醉，他有很長時間沒喝酒了，他一邊喝酒一邊發簡訊給玉玲的弟弟，他發簡訊對玉玲的弟弟說終於有救了。他和玉玲已經商量好了，他們要把這個消息告訴弟弟，那個躺在病床上的可憐人。

玉玲坐在王德家對面，不吃也不喝，兩眼呆呆地看著王德家。

「想開點。」王德家說。

「我想不開也沒辦法，那是我弟弟。」玉玲說。

「想開點。」王德家又說，但他忽然被玉玲的話嚇了一跳。

「這是用兩條命換一條命，」玉玲說，「用我兒子的兩條命換我弟弟的一條命。」

「想開點。」王德家這次沒抬頭，他把手放在酒杯上，喝不下去了。

「王德家。」玉玲看著王德家。

「想開點，」王德家又說，「我們還能再懷上，還能生。」

「想開點。」這次輪到玉玲對王德家說了，她把手放在了王德家的手上。

「我對不起你。」玉玲說。

「我們都想開點。」王德家好像只會說這句話了。

玉玲和王德家都不說話了。手機在那裡一閃一閃，王德家手機的螢幕上是他和玉玲弟弟在陽臺上拍的一張照片，那是他們幾年前合租的房子，那個陽臺可真夠老的，上面放著一輛腳踏車，一個木箱子，木箱子上還有一臺不能看的電視機，還有兩盆花，幾塊圓溜溜的石頭，上面塗了各種顏色。玉玲的弟弟躺在那張牛皮上，王德家正在用望遠鏡看著遠處，陽臺下面是那個小城連綿不斷的老房子。王德家那天戴著一頂黑色的帽子，穿著露著膝蓋的牛仔褲，玉玲的弟弟光著腳，穿著一件海軍藍條紋T恤。王德家十分喜歡這張照片。那時王德家還沒和玉玲結婚，王德家認識玉玲的弟弟比認識玉玲還早，他們是在球隊認識的。玉玲的弟弟也喜歡這張照片，他把這張照片放在自己電腦的螢幕上，那是多麼好的日子，後來的日子也都很好，直到玉玲的弟弟被檢查得了白血病。

「碰到這種事，我們都要想開點。」王德家又說，捏了一下鼻子。

玉玲倒了過來，把身體倒在王德家的身上，開始哭。

「我忍不住。」玉玲說。

「那妳就哭。」王德家說。

「我忍不住。」玉玲哭得更厲害了，到了明天，她就要去醫院做人工流產，肚子裡的兩個孩子從此不會再有任何動靜。只有這樣，她才能把骨髓移植給弟弟。

「想開點。」王德家把手放在了玉玲的臉上。

玉玲把王德家的手拉過來放在了自己的肚子上。

「再摸摸我們的兒子。」玉玲說。

「好，摸摸。」王德家說。

「再摸摸。」玉玲哭著說。

「好，再摸摸。」王德家的聲音也不對了。

就在這時，電話響了，是玉玲的弟弟打過來的。玉玲的弟弟已經在電話裡哭了起來，從小到大，玉玲好像沒聽到弟弟哭過。

「姐姐！」玉玲的弟弟在電話裡大聲叫姐姐，他已經從醫院的護理師那裡知道了做骨髓移植必須先把玉玲肚子裡的孩子流掉的事，而且知道自己這個手術不能再拖延了，但是還是要再延後幾天，因為必須要等玉玲把流產手術做完。

「姐姐，姐姐，姐姐！」玉玲的弟弟在電話裡大聲地叫姐姐。

「王德家，王德家！」玉玲的弟弟從來都不叫王德家姐夫，他這麼叫慣了。

「我在我在，」王德家說，「我聽著呢。」

「謝謝你們……謝謝你們……」玉玲的弟弟在電話裡已是泣不成聲。

第二天早上，天忽然陰了下來，王德家和玉玲去了醫院。玉玲帶了一大包衣物，因為她要在醫院待好一陣子，不是一個星期，也不是兩個星期，誰能知道會有什麼事情發生。玉玲覺得自己一直在抖，但她不知道自己是什麼地方在抖。臨離開家的時候王德家說他要來幾口，如果不來幾口也許就會支撐不下去了。玉玲看著王德家對著酒瓶喝了好幾大口。那是草原產的一種白酒，味道特別衝。這種味道後來就一直瀰漫到醫院，瀰漫到玉玲弟弟的病床邊，但玉玲的弟弟不在病床上。也就是這時，他們聽到了外面的一片驚叫，外面的走廊裡也響起了慌亂的腳步聲。

「有人從樓上跳下去了，有人從樓上跳下去了，有人從樓上跳下去了！」

怎麼說呢，清明節這天早上，天忽然陰了下來，他們一家四口去了郊外。郊外已是一片新綠，油菜花早早開了，真是黃得耀眼。他們是父親母親和他們的兩個兒子，在這個季節的這個日子裡，他們能去做什麼呢？他們的兩個兒子想聽聽他們的父親講講當年的事，講講他們要去的那個地方和躺在那裡的那個人。他們的父親叫王德家，他們的母親叫玉玲。這是多少年前的事了，但對王德家和玉玲來說，事情就像發生在昨天。

戶外活動者

喬志是個戶外活動愛好者，這麼說也許不對，也許可以說喬志是個戶外活動專家，他除了一年四季都在外面活動，幾乎什麼也不做，而且，喬志的朋友們都說喬志是個連家都不想要的人，他希望自己永遠生活在路上，或永遠生活在戶外。所以直到現在，人們都不知道喬志在什麼地方。

喬志和安小蘭就是在戶外認識的，在去西藏的路上，他們先是合住在了一個帳篷裡，那天下了很大的雪，這樣會暖和點也安全點。後來他們就結婚了，然後就有了小喬志，小喬志出生後，喬志在家裡足足待了有四年多。在這四年的時光裡，喬志胖了，除了種那種白色的蝴蝶蘭和他的兒子小喬志玩，他沒有任何事做，然後他說自己實在不能再這樣待下去了，外面的世界在呼喚他，然後他就背起他的行囊，離開了安小蘭和小喬志。從那天開始，安小蘭和小喬志就沒有見過喬志。

小喬志現在已經七歲了。安小蘭總是對小喬志說他的爸爸去了一個很遠的國家，那個國家遠在天邊，想回來一趟很不容易，而實際上這都是安小蘭一個人在那裡自說自話，小喬志對爸爸沒有太多的印象，也許只有當別人問起他，他才會記起「爸爸」這個詞。

安小蘭經常在網路上得到喬志的一些消息，安小蘭也是個戶外活動愛好者，她在家裡的牆上貼了好幾張很大的世界地圖，地圖上用紅藍筆標出了喬志行走的路線。其實安小蘭的心一直跟著喬志在戶外活動，喬志去了什麼地方，安小蘭就會找大量資料和圖片來看那個地方，比如那地方的海拔有多高？還會有什麼樣的山峰和河流，以及那裡的氣溫是多少？到了晚上，安小蘭還會想喬志的帳篷搭得好不好？最好不要有那種體態龐大的棕熊出現，也最好不要有大蟒蛇出現。

安小蘭經常擔心喬志的手機能不能及時充上電，或者他那可憐的筆電能不能接收到訊號，這些東西對喬志來說太重要了。如果能和喬志聯絡上，她第一件事就是提醒喬志趕緊把手機充好電，筆電的電也一定要充一下。她知道喬志一直都在拍照片和寫遊記，哪怕睡得再晚也會把這一天的事記下來，這真是一個好習慣，安小蘭知道過若干年以後喬志也許會出許多本書，也許是八本，也許是十幾本，到時候他們也許能賺到不少錢，但喬志說這不重要，重要的是他走過了，並且記下了。安小蘭甚至問喬志，在路上怎麼解決自己的那個問題，安小蘭對喬志說如果可以的話，她並不反對他擁有他自己的豔遇，因為那是一種需求，誰也沒辦法抗拒的需求，人可以抗拒來自精神方面的東西，但無法抗拒來自身體方面的需求。安小蘭對喬志說一旦要做那種事，最好別忘了戴那東西，她知道喬志的背包裡有那東西，有一次喬志當著她的面取出一個那東西，因為喬志怕手機進水，就把那東西套在了手機上，這真是一個好主意，安小蘭從來都沒想過那東西還能派上這種用場。而喬志說那種事對男人來說其實不算是什麼太大的事，每個男人都會自己解決，這不用她操心，因為男人的手可以派上許多種用場。喬志說在外面他最擔心的不是手，而是自己的腳，他這麼說的時候，安小蘭心裡很不好受，她多麼希望喬志說他最擔心的是她和小喬志。喬志說他的腳上次下山的時候扭了一下，現在走起路來總是有那麼一點力不從心，而且右腳的前腳掌上長了雞眼，雞眼可真是戶外活動的死敵，安小蘭還知道喬志的左腳後跟的地方也有一個雞眼，那個雞眼也真夠討厭的，怎麼去也去不掉。有一陣子喬志不知道聽誰說芹菜的葉子可以去掉腳上的雞眼，那時候喬志總是用芹菜葉子搓他的腳後跟，一邊看電視一邊搓，一邊用電腦一邊搓，所以有一陣子喬志的腳後跟是碧綠的，手指甲也是綠的，但那個雞眼一直跟著喬志。喬志很喜歡用熱水泡腳，這是可以讓腳很快恢復過來的最好辦法，但喬志現在十天半個月也許都不可能泡一下腳。

安小蘭總是把喬志的照片拿給他兒子小喬志看，也總是把小喬志的照片傳給喬志看，這也許是讓他們父子兩人保持聯絡的最好辦法。安小蘭很喜歡喬志身上的那種味道，但安小蘭現在有點想不起來那是一種什麼味道了，那也許是一種和芹菜差不多的味道，這真的很好笑，喬志的味道是芹菜葉子的味道嗎？肯定不是，但安小蘭現在只要一聞到芹菜的味道就會想起喬志，安小蘭想把喬志身上的那種味道想清楚，卻越想越不清楚了，安小蘭覺得自己快受不了了，她希望喬志能盡快回來。

「再不回來你兒子都快要把你忘了。」安小蘭對喬志說。

「他就是把我忘了，也不會是別人的兒子。」喬志說。

安小蘭甚至想，等小喬志長大以後，也許他們三口會一起去戶外旅行，到那時他們就不分開了。安小蘭和喬志在這方面是一致的，喬志希望自己以後最好不要定居下來，最好要有一輛房車，安小蘭也認為這是一個很不錯的打算，有一陣子，安小蘭總是在電腦前看有關房車的資訊，房車太吸引她了。她和喬志的房車不用太大，有一間臥室就足夠了，當然還要有廚房和衛浴，其實衛浴主要是用來洗澡的。等有了房車之後，安小蘭和喬志會開著車去各種地方，房車上還要養一兩盆花，那種紅色的天竺葵就很好，還要有一條小狗。那一陣子，安小蘭已經沉浸在其中了，她想像喬志開車而她躺在那裡睡覺的場景，她可以瞇著眼看車窗外的藍天和樹。而喬志認為除了擁有房車，更重要的是要有一支槍，槍對戶外活動來說太重要了。

「我太愛槍了。」喬志對安小蘭說。

「我還比不上槍嗎？」安小蘭那次是認真生氣，一下子就生起氣來。

「妳怎麼非要和槍比？」喬志看著安小蘭。

其實後來安小蘭也覺得自己那麼說話古怪了點，但那次她是認真的，認真到轉不過彎來了，轉不過彎來就只好爭吵。那時候她已經懷著小喬志六個月了，不知道為什麼，安小蘭覺得自己很委屈，現在想想都好笑，自己居然會因為懷了小喬志而覺得委屈。現在安小蘭也會因為小喬志而覺得委屈，好像小喬志只是自己一個人的，與喬志沒有一點關係。

「喬志，你趕快回來！」安小蘭對遠在天邊的喬志說。

喬志經常和安小蘭說起的卻是他父親的雙筒獵槍，那支槍就掛在喬志小時候住的那間屋的牆上，還有望遠鏡，還有皮夾克。喬志說起他的父親有一年冬天從外面回來，把扛在肩上用麻袋包著的什麼東西「卟嗵」一下子放在了地上。那天喬志已經躺下了，但喬志聞到了血腥的氣味，他猜對了，父親扛回來的麻袋包裡是一隻麅子。從那時候起喬志就喜歡上槍了，喬志太希望自己有一支槍了。安小蘭甚至想，等到喬志過生日的時候，自己也許會送給喬志一支槍。但這只能是一種想像，現在國家不允許任何人非法持有槍支。安小蘭甚至想，過生日的時候自己去找人做一個和真槍一模一樣的蛋糕送給喬志，那將是一件多麼開心的事。安小蘭為自己的這種想像激動起來，她坐在那裡笑了又笑，那時候小喬志還沒有出生。

小喬志出生的時候，喬志和安小蘭的朋友們都來了，他們的朋友都是一些戶外活動者，他們為喬志和安小蘭送來了各式各樣的禮物，其中最特殊的禮物就是朱天雷送的一個盒子，那是一個很大的盒子，誰也不知道那麼大一個盒子裡會是什麼，人們最後才打開那個盒子，裡面居然是一個駱駝的頭骨，那頭骨真是白淨。那時候，人們都熱衷於讀三毛的東西，三毛的荷西就送過三毛一件這樣的東西。人們都知道朱天雷的駱駝頭骨是從沙漠帶回來的，那麼大一個盒子，一次次地上飛機帶上帶下可真是不容易。後來喬志替那個駱駝頭骨做了一個架子，現在那駱駝頭骨就放在喬志的書架上，安小蘭有時候望著它，就覺得它肯定有許多故事，要知道，它原本是一頭活生生的駱駝，牠知道在沙漠上怎麼行走怎麼找水喝，但牠現在只剩下白厲厲的骨頭。

戶外活動者們都會有許多關於戶外的故事，聚會的時候，他們總是會一邊喝酒一邊交流這些故事。安小蘭知道喬志一定收集了許多故事，安小蘭也知道喬志自己本身也創造了許多這種故事，這裡面當然也包括了喬志和其他女人發生的故事。但如果喬志和非洲那邊的女人上床的話，安小蘭心想自己也不會太吃醋。安小蘭太愛喬志了，即使喬志在外面，安小蘭也總是記著喬志的生日，到他生日那天，安小蘭會把喬志和自己的朋友們都請來，就像他在一樣，這很重要，這意味著人們沒有忘記他。有幾次，安小蘭吃著喬志的生日蛋糕的時候就會流下淚來，其實這淚不是為喬志流的，而是為了喬志的兒子小喬志。小喬志的生日也馬上要到了，安小蘭最怕小喬志問的一句話就是：

「我爸爸呢？那個老喬志。」

安小蘭會傳簡訊或用其他方式問喬志「今天是什麼日子」，而喬志總是記不住這是個什麼日子。

「喬志，你這個混蛋！除了戶外活動你還記得什麼？」安小蘭會把這樣的訊息傳給喬志。

有一次安小蘭和喬志互傳簡訊的時候，喬志說他正在河裡捉一條虹鱒魚，那是一條很大的虹鱒魚，太大了，尾巴就像小號的軍用鐵鍬，已經游過來了。喬志還說自己有很長時間沒有吃到一點高蛋白的東西了，他需要這條虹鱒魚。接下來，喬志那邊就沒了訊息，安小蘭可以想像喬志根本就沒有捕到那條很大的虹鱒魚，那不是一個人能做的事。安小蘭還在想那條虹鱒魚到底能有多大，要知道，一個人要想徒手抓住一條大魚不是一件容易的事。最好能把手指一下子伸到魚的鰓裡，死死塞進去還不能被魚鋒利的牙齒弄傷。安小蘭總是忘不了這件事，有時候吃魚的時候還會想起這件事，戶外活動真的是一件很辛苦的事。

在最近一次傳簡訊的時候，安小蘭對喬志說：「你兒子的生日到了。」

安小蘭沒把小喬治生病的消息告訴喬志，小喬志的角膜要換一下，這讓安小蘭很擔心，因為這不單單是錢的事，而是關係到小喬志能不能再睜開眼看這個世界。安小蘭不希望小喬志的眼睛徹底失明，醫生也安慰她說換角膜現在不是一件難事，不要太為這件事擔心。安小蘭現在很難把自己的注意力集中起來，但她忘不了幫小喬志訂生日蛋糕，一一打電話給她和喬志的朋友。安小蘭和喬志的朋友也大多是戶外活動愛好者，他們心目中的偶像就是喬志，他們之中的任何一個人都沒有喬志走得遠。這不單單因為喬志那年還上了美國地理雜誌的封面，喬志在他們的眼裡幾乎就是英雄。最重要的是，喬志上到了吉力馬札羅山的最高點，他是他們這些背包客裡唯一登上這座非洲雪山的人，喬志說他只差看到那隻被風乾的豹子啦！

「問題是，那頭豹子上到那麼高的地方做什麼？」安小蘭對喬志說，「牠也是去登山嗎？」

喬志說那頭豹子無論上到那麼高的地方去做什麼，牠都是英雄。

其實安小蘭和喬志都知道那頭豹子也許壓根就沒有存在過，只不過是海明威自己想出來的，但安小蘭和喬志都十分喜歡海明威這麼寫，這真是神來之筆。

喬志從吉力馬札羅的山上帶回來兩顆櫻桃大小的石頭給安小蘭，那是兩顆最普通不過的石頭，灰黑色的石頭，很粗糙，一點都不漂亮，但喬志讓首飾匠用它為安小蘭做了一副耳環，有時候安小蘭會戴它，許多不熟悉安小蘭的人會奇怪她怎麼戴了這樣的一副耳環，但安小蘭從來都不會對他們解釋什麼。安小蘭覺得自己這輩子是不可能登上吉力馬札羅的，但吉力馬札羅最高點的兩塊石頭就被自己戴在耳朵上。只要一戴上這副耳環，安小蘭就覺得耳邊充滿了高山之巔的風聲，那風是怎麼樣的猛烈和寒冷。這麼一來，安小蘭就好像是和喬志一塊登上了那座傳奇的非洲雪山。

小喬志的生日來到了，只有在這樣的日子裡，安小蘭才會戴上那副耳環。

安小蘭已經和她的朋友們商量好了，小喬志的生日要去外面過，那是一次完全的戶外活動，人人都要帶上帳篷。這是一次短暫的戶外活動，所以他們不可能走遠，安小蘭選擇了離城市不遠的缸底山，那地方有不少松樹，那些松樹遠遠看去是黑的，朋友們開著車來了，先在安小蘭這裡集合了一下，然後又開著車去了缸底山，從安小蘭住的城市到缸底山有很好的公路，所以又可以說他們這次去只是為了玩，人們總是會找各種藉口給自己玩樂的機會。安小蘭的那些朋友們誰都不說喬志的事，但他們都為小喬志帶來了禮物，也不過是各種兒童玩具，當然還

戶外活動者

有蛋糕，蛋糕是三層的，上面鋪滿了各種水果，這種水果蛋糕現在很時興。

安小蘭的朋友們都過來了，當然這些朋友也是喬志的朋友。朱天雷來得最晚，他的車上放著一個十分大的禮品盒——那盒子也實在是太大了吧！上面裝飾著各種顏色的彩帶，所以人們一眼望去就知道那是一件生日禮物，但人們不知道裡面放著什麼。安小蘭希望那是一輛登山車，雖然小喬志還不到騎車的年齡。朋友們都知道朱天雷現在是做什麼的，雖然有人不喜歡他做的那些事，他的行為藝術得有些過火，有時候會讓人感到十分噁心，還是去年夏天的時候，他讓自己沉到水裡，只在水面上露出他的那張臉，水面上漂滿了死魚，那些魚都發臭了，他就那麼在水裡待著，後來他染上了一種皮膚病，過了好長時間還沒見好。

安小蘭的朋友們，七八輛車吧，一起出發了，其實車還沒有發動，他們就已經激動了起來，他們已經好長時間沒有在外面搭帳篷了，他們要在缸底山先把帳篷搭起來，他們有各種戶外活動的專用品，包括那種防雨燈還有那種防水墊，但他們希望不要遇到雨。他們還帶了那種金屬烤箱，他們要烤肉串，在戶外活動最好吃燒烤，這比什麼都來得方便，當然還有泡麵，這是少不了的。缸底山之所以叫缸底山，是因為它真的像個缸底，而且還有一條小河。當年安小蘭和喬志來過這裡，他們在這裡住了一夜，他們還做了愛，那天晚上他們聽到了鵓鴣的叫聲，一直在叫。

安小蘭她們是早上七點多出發的，所以午飯之前他們就到了。因為是要幫小喬志過生日，主婦當然是安小蘭，安小蘭是個手腳很俐落的女人，她什麼都心裡有數，酒、放在盒子裡的各種涼菜她都一一弄好，安小蘭為了這次活動，把喬志從土耳其帶回來的那個很大很大的坐毯帶了出來，那張大毯子攤開來的時候，有人驚呼了起來。

「足夠了。」安小蘭說。

「坐得下了。」安小蘭說。

「多麼漂亮。」安小蘭說。

這時候，小喬志已經開始拆他的禮物。人們忙著別的事情的時候，朱天雷和幾個人把他那個巨大的禮品箱從車上弄了下來，放在了土耳其坐毯的中央。

這時候天上雲層變厚了，這就讓人有些擔心，擔心忽然下雨怎麼辦，好在人們都帶著雨具。人們都圍坐在了那裡，朱天雷讓人們都坐下，其實人們這時候已經開始喝酒，你一杯我一杯地倒上了酒，安小蘭把烤好的肉串放在一個金屬盤子裡時還「噝噝」發響，這時候朱天雷開始打開他那個巨大的禮品盒子，外面花花綠綠的彩色紙去掉後，人們才發現裡面不過是個木頭箱子，三合板的那種。說它是個木頭箱子，還不如說他是個小櫃子，因為它有扇門。安小蘭雖然沒說話，但她知道那裡面肯定是輛登山車，因為再過幾年，小喬志就能騎登山車了，他需要這麼一輛車。但周圍的人突然都不出聲了，而且馬上有人尖叫起來，因為在那個箱子打開的剎那間，一切都出乎人們的意料之外——一個人，從裡面一下子鑽了出來。安小蘭在那一剎那間幾乎是被嚇了一跳，裡面怎麼會有人？緊接著，安小蘭真的尖叫了起來，她看到了喬志，活生生的喬志，又黑又瘦的喬志，他從箱子裡面鑽了出來，安小蘭真的有點忍不住了，她看看旁邊的人，那些人都有點模模糊糊，因為她的眼裡瞬間都是淚水。

「過來呀，過來呀，過來呀！」朱天雷對安小蘭說。

「過來呀，過來呀，過來呀！」朱天雷對小喬志說。

安小蘭沒有過去，倒是喬志大步大步過來了，又黑又瘦的喬志，大步大步過來了，眼睛是那麼亮。他一把摟住了安小蘭，安小蘭覺得自己要窒息了，要喘不過氣來了，要支撐不住了，她掙扎了一下。喬志又把小喬志抱了起來，但他的另一隻手，伸過來，停在了安小蘭的耳邊，他摸了一下安小蘭的耳環。

「吉力馬札羅。」

喬志又摸了一下安小蘭的耳環。

「吉力馬札羅。」

安小蘭覺得自己要窒息了，要喘不過氣來了，要支撐不住了……

窗戶人

朱光大第一次來按這家人的門鈴時生了好大的氣，他在門外大聲說，用很大的聲音說：「我就住在對面，聽見了嗎？我就住在對面，我要跟你談談！」朱光大說話的聲音太大了，他真的生氣了，朱光大說話的聲音連住在樓下的人都聽到了。但無論朱光大怎麼生氣，那扇門就是遲遲不開，朱光大簡直是氣壞了，他開始用拳頭砸門，裡面才有了一點點動靜，是「窸窸窣窣」，是「窸窸窣窣」，但門還是不開。

那天，朱光大對他的好朋友李潮說，他是不經意才發現對面那家的窗裡有人在用望遠鏡朝自己這邊看，其實朱光大那天什麼也沒做，只是坐在那裡看報，穿著睡衣睡褲和拖鞋，他不經意看到對面樓的窗戶裡面有人朝這邊看，也沒當回事。再後來有一天，朱光大洗過澡，因為家裡沒有別人，朱光大就總是光著身體在屋裡走來走去，當然朱光大會在腰間圍上一條浴巾，但有時候也不，什麼也不圍，猛地跳出來一下，把要拿的東西拿到手，再猛地跳進去。朱光大很喜歡日本歌手中孝介的歌聲，所以他總是在中孝介的歌聲中裸著身體走來走去，或者喝一杯茶水，或者喝一些飲料，當然這種時候他會在腰那地方圍一條浴巾。

自從朱光大和妻子離婚後，他自由多了。朱光大現在慶幸自己沒有孩子，所以他和妻子的離婚是速戰速決，其實他們現在還是很好的朋友。他們有時候會互相打打電話，問一問對方的情況，比如朱光大早上是不是又去跑步，是不是又一直跑到了公園，是不是又繞著湖跑了一圈；比如湯菊是不是還在減肥。每次問到這件事朱光大都會說：「其實妳一點也不胖，其實妳一點都不胖，女人要是瘦了，哪個男人能受得了？」其實說真心話，朱光大心裡是有點嫌湯菊胖。那次他們在床上，知道了吧，夫妻在床上能做什麼？那天天氣太熱，人身上到處是汗，汗這種東西可真是夠讓人討厭的，有時候會讓人的心情變得很糟。其實朱光大只說了一句話，朱光大說：「再抬高點，再抬高點，妳都把我擋住了。」這你總該知道了吧？知道朱光大和湯菊當時正在做什麼。這句話讓湯菊難過了好長時間，後來她就決定減肥，為此她還買了一個玻璃製的體重計。那一陣子，湯菊到了晚上幾乎都不敢吃飯，有時候餓得都快堅持不住了，但她也只是到廚房找點零食，否仁或葡萄乾什麼的，也許是一塊餅乾。朱光大當然希望湯菊把身上多餘的肉都去掉，所以他吃飯的時候總是特別留意湯菊。

「看看、看看，看看、看看。」朱光大說話了，一連許多個「看」字，湯菊就會馬上把吃到嘴裡的東西吐出來。有時候湯菊實在是忍受不住了，會大口大口瘋狂地把喜歡吃的東西吃下去，然後再跑到廁所把吃到肚子裡的東西一股腦兒地吐出來。這種情況一直堅持到湯菊發現自己懷了孕。當然每個人都知道懷孕的婦女是不能減肥的，也最好不要做愛，也就是在湯菊懷孕的時候，湯菊買了那個充氣娃娃給朱光大，那時候朱光大特別地想要，為此朱光大都有點討厭自己，但誰也拿這種事沒有辦法。但有一點是肯定的，朱光大不會去找雞，朱光大認為人類就不應該有那種金錢與性的交易行為。朱光大幾乎是個有潔癖的男人，朱光大總是把每天穿過的鞋子放在窗臺外面去，所以朱光大的窗臺上總是放著各種鞋子，朱光大喜歡的鞋都是那種戶外運動鞋，各種顏色的都有，紅紅綠綠。

湯菊把充氣娃娃拿回來給朱光大的那天，朱光大真是害羞極了，也興奮極了，這你知道了吧？湯菊和朱光大的感情其實真的很好。直到現在，朱光大有時候還會玩一下那個充氣娃娃，有時候在床上，有時候在沙發上，看電視的時候他也會，當然這一般是在晚上，他會把燈關了，但電視還開著，他一般是一邊看電視一邊和充氣娃娃親熱，這讓朱光大十分心虛，雖然他知道即使有人看見，也不會知道他是在做什麼，因為沙發的扶手把他遮去了一部分，但他還是擔心，雖然擔心但他還是那麼做，這就讓他有一種特別的感覺，朱光大認為人有時候就是為了一種特別的感覺而活著的。這就讓朱光大特別無法容忍對面窗戶上的那個人，那個人不但看，還拿著一個望遠鏡。

朱光大去敲門了，但那門就是遲遲不開，朱光大都認為裡面的人已經從貓眼看到他了，朱光大把門敲了又敲，敲了又敲。這是上午的事，到了吃午飯的時候，朱光大先是去下面的小麵館吃了一碗茄子麵，然後又去敲門了，但門還是不開。朱光大把耳朵貼到門上，裡面又發出一陣「窸窸窣窣」的聲音。朱光大想想還是算了，敲開了門，面對那個人，自己又能做什麼？這個世界上肯定會有許多偷窺癖，誰叫自己恰好碰到了呢！

朱光大回家去了，順便買了幾瓶雪花啤酒。有一陣子，朱光大中午晚上都不怎麼吃飯，就喝啤酒，再來一點花生米。朱光大是個愛乾淨的人，他把屋子收拾得非常乾淨。朱光大有一陣子特別喜歡紅色，他把屋子搞得紅豔豔的，而且，有

窗戶人

一陣子他自己也喜歡穿紅色的衣服。朱光大有一雙很漂亮的紅色運動鞋，朱光大穿一條紅色的褲子，一雙紅色的運動鞋，就那麼下樓了，出去了，上街了，去公園了。有時候他能聽見有人在他的身後笑，朱光大知道這是什麼意思，但朱光大覺得人活著最重要的一件事，就是自己想做什麼就做什麼，還有就是最好讓自己高興。

朱光大覺得自己已經不生氣了，他替自己開了一瓶啤酒，然後去了一下廁所，小便的時候他側了一下身，看了看鏡子裡的自己，朱光大覺得自己留長頭髮更帥一些。好長時間了，朱光大都想留長頭髮。朱光大上大學的時候頭髮很長，當時也沒覺得有什麼好，還是上次參加畫展的時候要幾張照片，湯菊從攤了一床的照片裡找出了他那張留長髮的。那張照片讓朱光大有些傷感，但朱光大看著鏡子裡的自己，決定過些時候要把頭髮留起來了。天已經很熱了，屋裡彷彿比外面還熱。朱光大開始脫衣服，朱光大獨自在家的時候喜歡把所有的衣服都脫掉，什麼也不穿，朱光大就那麼在屋子裡走來走去。當然，在把內衣脫掉的時候朱光大會把窗簾拉上。朱光大去拉窗簾了，朱光大看到了什麼？這可讓朱光大氣到差點昏倒，朱光大看到了對面那扇窗戶。

那個窗戶人，正趴在窗戶上用望遠鏡朝這邊看。

「媽的，也真是太不像話了。」朱光大說，對自己說。

朱光大馬上又把脫下來的衣服穿上了，朱光大出去了，再次去敲那個窗戶人的門。朱光大在心裡已經把那個總是用望遠鏡看這邊的人叫作「窗戶人」，這種叫法再準確不過了，因為那個人總是趴在窗戶上。朱光大注意到了，那個人在窗戶上一趴幾乎就是半天或一天，幾乎不會走開。

「這個偷窺狂！」朱光大說。

朱光大去敲門了，朱光大不再按門鈴，他直接把手舉起來就敲，他敲得很用力。但門還是沒開，雖然裡面又傳來了「窸窸窣窣」的聲音，但裡面的人就是不把門打開。朱光大敲門的聲音太響了，這時是中午，人們在睡午覺，旁邊的那扇門開了，有人從門裡探出頭看朱光大，這是個大眼睛中年人。朱光大穿著那雙紅色的鞋子，還有那條紅色的褲子，很瘦的那種褲子，這種裝扮可不會讓人留下多少好印象。那人很快把門關上了，朱光大本來想問他一聲，問什麼？比如問一下他旁邊的這戶人家是做什麼的，怎麼總是不開門？比如問一下他旁邊的這戶人家是不是有點不正常。

窗戶人

「你到底開不開？」朱光大在外面大聲說。

但裡面根本就沒人答話。

朱光大用力踢了一下門，朱光大真的生氣了。

但門還是沒開。

朱光大又把耳朵貼在了門上，朱光大聽到了裡面「窸窸窣窣」的聲音。

「我知道你在裡面。」朱光大大聲說，朱光大的聲音可真是太大了，這是中午，人們都在午休。這時旁邊的那扇門又開了，剛才的那個大眼睛中年人把頭從屋子裡探了出來，用很小的聲音對朱光大說：「晚上，晚上這扇門才會開，現在你再敲也開不了。」不等朱光大問，大眼睛中年人已經把門重新關上了。

然後，朱光大就只好離開了，朱光大想好了，要不就晚上再來一次，直到把這扇門敲開，一定要把這扇門敲開。朱光大回了家，他出了一身大汗。天很熱，今年的天氣有些不正常，早早就熱了起來，聽說尼泊爾那邊地震了，死了不少人。朱光大進了家就開始脫衣服，然後去拉窗簾，拉窗簾的時候朱光大又看到了那個窗戶人，還在窗戶上趴著，這回窗戶人的手裡沒有拿望遠鏡。

「媽的！」朱光大說。

朱光大已經把自己徹底脫光了，這下涼快了。然後他去冰箱裡取了一瓶啤酒，啤酒的溫度也合適，朱光大把電視打開，他想找個球賽看看，然後躺在沙發上一邊喝酒一邊看電視。但朱光大突然一下子又跳了起來，他又去了窗口那邊，朱光大把窗簾輕輕拉開一條縫，那個窗戶人不見了。

「媽的。」朱光大又說。

再次躺回沙發上的時候，朱光大覺得自己也應該有個望遠鏡。

我為什麼不能有個望遠鏡？朱光大問自己。

朱光大打了通電話給湯菊，告訴她自己很可能要去買一副望遠鏡。

「望遠鏡？」湯菊在電話裡笑了起來，不知為什麼，她就是很想笑。

朱光大喝過啤酒，很快就睡著了，這一覺他睡得倒是很舒服。朱光大總是在白天的時候睡很長時間，到了晚上才開始工作。朱光大睡到下午五點多醒來，然後去了前面那棟樓，朱光大覺得這次去應該可以把那扇門敲開。門果然一下子就敲開了，開門的是這家的女主人——朱光大覺得她應該就是這家的女主人。

「我是住在對面的。」朱光大很生氣地對這個中年女人說。

「對面？」中年女人說，「有什麼事？」

「事情就是——」朱光大有些激動，他沒辦法不激動，「你們家有人天天用望遠鏡看我，為什麼？」

「請進請進。」

中年女人要朱光大進來，中年女人對朱光大說自己只是這家的鐘點保姆，這家沒其他人，只有老五一個。中年女人又對朱光大說：「那麼請你再進來。」

朱光大跟著中年女人進到屋裡了，朱光大知道自己應該進到哪間房間，知道哪間房間朝著自己那邊，朱光大往左轉了一下，那間房間背陰，窗戶人這時就在這間房間裡靠窗的地方坐著。朱光大在看到窗戶人的那一剎那吃了一驚，朱光大先是看到了那臺輪椅，然後是坐在輪椅上的人，也就是那個窗戶人。那張臉真是很白很瘦，除了很白很瘦還是很白很瘦，朱光大看清了，這是個比自己小很多的年輕人。這個年輕人坐在輪椅上，身體往後靠，正在看著自己，嘴微微張著，很害怕的樣子。朱光大往下看，這才看到這個窗戶人只有上半截身體，下半截哪去了？穿著什麼？朱光大有些糊塗了。朱光大不明白窗戶人下半截是怎麼回事，但朱光大已經明白坐在輪椅上的是個身障人士，沒有下半截的身障人士。朱光大剛才的聲音可能嚇到他了，窗戶人的一隻手好像有點抖。然後，然後朱光大還能說什麼呢?然後,朱光大就跟著那個中年婦女去了另一間房間。然後,他想聽聽關於這個窗戶人的事。朱光大忽然為那幾次自己重重敲門感到有些不安。

「你一來我就知道是為了什麼。」中年婦女對朱光大說。

「你不是第一個過來敲門的人,」中年婦女告訴朱光大已經有很多人來找過了,「但他除了往外看看還能做什麼呢?他走不了路,下不了樓,他幾乎不能動,他幾乎什麼都不能做,醫生說他的眼睛連電視都不能看。問題是他的父母都不在了,是他的姐姐每個月寄錢過來養活他。」

「這房子是他姐姐的。」中年女人告訴朱光大,窗戶人的姐姐在新疆工作,很少回來。中年女人還告訴朱光大,窗戶人的姐姐人很好,「現在這種人越來越少了。」

朱光大要中年女人不要再說了,朱光大替自己取了一根菸,但他沒點,又把菸放了回去。朱光大忽然覺得很難過,朱光大很想對窗戶人說句什麼,他別過臉朝那間房間看了一眼,但朱光大看到的只是牆,牆上掛著一個已經不再走動的掛鐘,還有過去的一本掛曆。朱光大準備離開的時候,又到背陰的那間房看了一眼窗戶人,窗戶人也看著朱光大,像是被嚇到了,身體朝後靠著,像是要躲避什麼。窗戶人的那兩隻很大的眼睛讓朱光大很難過。

「對不起，對不起。」朱光大不知道自己是在對誰說對不起。

「對不起。」往外走的時候朱光大又對中年婦女說，但朱光大希望自己的話窗戶人能聽到。

「對不起。」朱光大說。

「沒關係。」朱光大又說。

「你是個好人。」中年婦女說，有人來找過，還張嘴就亂罵人。

下午的時候，朱光大出去了一趟，公園北邊緊靠菜市場的地方有間戶外用品專賣店，朱光大知道那地方肯定有賣望遠鏡的。朱光大進去就看到了，都在架子上。朱光大喜歡紅色的那種，他試著用望遠鏡望望外面，戶外用品專賣店的對面是花攤，賣各種的盆栽花，朱光大還不會使用望遠鏡，眼前先是一片模糊，但朱光大突然笑了起來，他在望遠鏡裡忽然看到了一顆牙齒。望遠鏡再一晃，是什麼，朱光大又看不清了，朱光大又笑了一下，原來是對面那個人的鼻子，朱光大甚至還看到了鼻毛，朱光大想不到那會是鼻毛，朱光大笑了起來。

從戶外用品專賣店出來，往回走的時候，朱光大看了一下手機裡的新聞，朱光大想知道尼泊爾那邊地震究竟死了多少人。朱光大忽然改了主意，他想去花園看看樹上的鳥兒，當然是用望遠鏡。朱光大從花園的北門進去，然後再從南邊那扇門出去，再走一段路就到家了，這樣還抄近路。朱光大穿過那條街去了花園，他在花園的樹下看了一會兒鳥，其實什麼也看不清，鳥在不停地動，總是飛來飛去，望遠鏡好像根本就不是為活動的物體準備的。朱光大忽然不動了，他看到了，一對男女，抱在一起，在對面的樹叢裡。朱光大覺得自己不應該看這個，但朱光大還是看了，朱光大看到那個男的把身體往前一頂。朱光大覺得自己不應該看，心「怦怦」亂跳。朱光大看看左右，還是離開了，這是玫瑰開花的季節，朱光大聞到了。朱光大站了一下，看著自己的紅色鞋子，心裡卻在想那一男一女，不知道他們現在進行到什麼地方了。朱光大用望遠鏡又朝那邊看了看，但這次什麼都看不到了。

「但願他們沒事。」朱光大在心裡說。

也就是這天晚上，半夜的時候朱光大起身去廁所，這時候人們當然差不多都睡了，對面樓的窗戶都黑著，朱光大回臥室的時候卻發現對面窗戶人的窗戶還亮著。朱光大馬上用望遠鏡朝那邊看了看，發現窗戶人在窗臺上趴著，像是趴在窗臺上睡著了；又過一會兒，朱光大又看了一下，窗戶人還在那裡趴著；又過了一會，朱光大又看了一次，那個窗戶人還趴在窗臺上。

「肯定是睡著了。」朱光大對自己說。但朱光大自己卻睡不著了。

朱光大又下床去看了一下，那個窗戶人和剛才一樣，還趴在窗臺上。

此時夜已很深很深。

河南街

怎麼說呢，在這座北方的小城裡不但有條「溫州街」，還有條「深圳街」，但最熱鬧的還要數這條「河南街」。在「河南街」上做生意的人大多都是從河南那邊過來的，街道不寬，兩邊都是各式各樣的鋪子，當然也有小飯館，據說河南燴麵數這裡做得最好，所以不少人還專程跑到這地方來吃燴麵，緊鄰著燴麵館的那間糧店的生意也就跟著好了起來。

怎麼說呢，人們都說河南是出麥子的地方，所以這裡的白麵就比別處的好。人們以前買糧食，必須去國營糧店，現在國營糧店沒了，但在街上走走，不用擔心找不到賣糧的地方。國營的大糧店沒了，但私人開的小糧鋪卻多了起來。如果你去買大米，可以一家一家比過來，不單單是價格，米的好壞也有很大的區別，白或不白並不是評判米好壞的標準，須看它晶瑩不晶瑩，這樣一說，倒好像是在買寶石了，大米雖不是寶石，但它比寶石重要，人不吃飯不行，寶石呢，你沒它未必就會死。買米的人，若是上歲數的，都喜歡一家一家地比過來，抓一點米放手裡，老眼覷著比來比去。這在以前就辦不到，在以前，你糧店裡非得有熟人不可，好米來了，他會悄悄跑到你家告訴你今天有好米。你去了，他會不動聲色把好一點的米搬一袋出來倒在米箱裡。

糧店的樣子現在許多人都不大清楚了，一進門，首先是一個一個的木頭糧櫃，糧食就都在這木製的糧櫃裡放著：玉米麵，一個櫃；白麵，一個櫃；大米，一個櫃；高粱麵，又一個櫃；小米，當然也要一個櫃。當年還供應豆類，每人每月一兩斤，多不了，黑豆、小豆、扁豆或綠豆，隨便你喜歡買哪種。豆子又得各要一個櫃。櫃子後面就是麵袋，都堆得很高，直頂到房梁。白麵堆白麵的，玉米麵堆玉米麵的，大米堆大米的，還有就是素麵，也一摞一摞堆在那裡。起碼直到一九八〇年代末，所有的家庭要吃飯就得去糧店買糧，家裡要備有許多種麵袋，放白麵的，放大米的，放小米的，放玉米麵的，放豆麵的，大袋小袋各有各的用途，也一定不能亂。當時每月供應多少白麵大米或粗糧都是有規定的，買白麵的時候，你可以買素麵，買了素麵你就別想再買白麵，就供應那麼多。但你這個月沒全部買完，糧店的人會幫你存起來，想買的時候再說，會過日子的人家，會月月從嘴裡摳出些細糧存起來，過年家裡來客人不至於拿不出大米、白麵。

糧店內部最特殊的地方應該是那幾個從屋頂吊下來的鐵皮大漏斗，你把空麵袋對著鐵皮漏斗用手撐好了，負責秤糧的就會把糧食從鐵皮大漏斗幫你倒在糧食袋裡。放糧食的木櫃子到了晚上要蓋印章，一塊大方木板，上面刻著字，要在麵櫃的麵上一個接著一個地蓋，這樣一來，值夜的人就沒辦法打麵櫃子裡糧食的主意，你要是去偷麵，那麵上的印章一亂，馬上就會被發現。那塊蓋印章的板子一定是要鎖在一個地方，一般人拿不到手。究竟誰在保管那個印模子，不得而知。

糧店還賣一種糧，就是土糧，是從糧店地上掃起來的那種白不白灰不灰的糧食，裡面也許什麼都會有，白麵、玉米麵、小米大米什麼的，這種糧食也不是一般人都能買到，必須是熟人。土糧買回去做什麼？雖被踩來踩去，但買回去還是一個字，吃！那時候人們的肚子真大，腸子也粗，總是不夠吃。

這條街，緊靠著公園，原先的名字其實是叫「花園北街」，從公園的北門一出來就是這條街。如果從西往東看，是一家接著一家的小吃店和各種小商店。從西邊那邊數，先是一家五金雜貨店，店裡什麼都有，掃地的掃帚、拖把、大大小小的塑膠桶、各種的塑膠袋子、各種的刷子、碗筷和繩子、釘子、螺絲、水龍頭、尺、油漆，種種種種，你數都數不過來。這家店本來不大，卻還要住人，說是住人，只要晚上能睡一下就行，就在離屋頂一公尺多的地方搭了板子，晚上睡覺就爬上去。下面，是架子，架子上是各種的貨，要取什麼，得彎下腰。這樣的小店，看起來亂，其實主人心裡有數，你要什麼，只要說一聲，那個年輕的小老闆即刻就會幫你拿出來。誰家的水龍頭壞了，急得不行，跑來了，說要多大口徑的，家裡正在「嘩啦嘩啦」流水呢！那個年輕的小老闆說別急別急，轉眼已經把水龍頭給拿了出來。這家店，照例是河南人開的。年輕的小老闆長得很帥氣，兩眼閃閃發亮，為人也和氣，人們只叫他「小河南」。女的雖相貌一般，但勤快，一邊賣貨一邊看孩子一邊還要照顧爐子上的飯。快過年的時候，她居然還會做幾條臘肉掛在那裡，或者是一隻雞，從肚子那裡劈開，再用細竹棍把牠撐展，已經用鹽搓過，也掛在那裡，風乾幾天再吃。

這家小店真是小，但他們吃飯在這裡睡覺也在這裡，早上起來的第一件事是要把有些貨搬到門口去一一擺開，到了晚上再收回去，然後，關門了，門縫裡有燈光透出來，是一道，黃黃的打在街上。人們想像不出這家人怎樣生活，連大帶小到了夜裡怎麼往上面的那個鋪上爬，更想不到這對年輕的夫妻怎麼做那事。但那女的，肚子分明又大起來了。他們為什麼從老家跑出來？很簡單，就是為了再生個三胎，因為他們的前兩胎都是女兒，這讓他們不甘心，甚至於生自己的氣，他們努力，夜夜深耕細做，到處打聽偏方，其實誰也不知道要想生個男孩該怎麼努力，該吃什麼偏方。他們是忙碌著並且快樂著，倒是別人有些替他們擔心，擔心他們為了取暖在小得不能再小的店裡生了個爐子。在這座小城，取暖要用煤，人們總擔心他們晚上被煤煙嗆到，但一切又都平安無事，一大早人家又起來了。

夏天，那小河南打著赤膊，拖鞋；冬天，也只是衛生衣衛生褲，在門口刷牙，「噗噗噗噗、噗噗噗噗」刷完了，仰起臉「咕咕咕咕」，再低下頭「嘩」地一吐。弄好這一切，穿衣服開店。有人來了，小河南的嘴裡正在嚼著一塊餅，一邊嚼一邊問要什麼，徑直去取了出來。一邊嚼嘴裡的餅一邊找了零，一邊說：「有什麼就請過來。」馬上，又有人來了，這回是要買矽利康，買了矽利康猶豫著該不該買打矽利康用的那種槍。小河南遞一個打矽利康的槍過來，說：「不用買，你拿去用就行，用完了再還我。」就這樣，都解決了，日子，也就這樣過了下來。

還要說一句的是，其實小河南也不小了，都三十多了。小河南愛吹笛子，晚上，如果是夏天，熱得睡不著，他會在門口吹好一陣子，有人會尋聲而至聽他吹。下雨天，即使是白天，客人少，他也會吹。吹什麼呢？〈採牡丹〉，是河南的歌，很好聽，或者吹〈我是一個兵〉，這首歌是……怎麼說呢？一挺一挺的感覺。聽他吹這首歌，不少人心裡就會想，他是不是當過兵？還有人特別問過，結果是他沒當過，早年想當，但他沒通過體檢，因為他是扁平足。為此，小河南到現在還是憤憤不平，「我走路又不比別人慢！爬山也不會落在後面！扁平足怎麼啦？」問他話的人又不知該怎麼安慰他，也只好把話岔開，說現在當兵也就那樣，也沒仗打，整天閒著，也就是白吃國家的飯！再說，扁平足雖然是扁平足，但也照樣生兒養女，你看你那兩個閨女多好。話說到這地步就有點開玩笑的意味了，大家便都笑了起來。大家背後就都叫他「平腳」。

這家小店旁邊，又是一家土產店，門面也不大。土產店的內容更豐富更瑣碎一點，蘑菇、金針花、黃芪、木耳、紫菜、冬菜、海帶、蝦米，當地的那種白酒，用塑膠箱子一箱一箱地裝好放在那裡，還有黃烙餅，糖乾爐，別處沒這樣東西，其實也就是餅。或者是那種風乾牛肉乾，其實也不是本地的，還有人參，這地方出人參嗎？拉倒吧！但也當作本地的土產賣。除了賣這些東西，這家小店還賣香菸，若是誰家的菸抽不了，也給幾個錢收回來，再加幾個錢賣出去。還有菸葉，這倒更像是土產，一捆一捆地吊在牆上，還有人專程過來買這種菸葉，大多是河南老鄉。開這家店的恰恰又是河南人，是姐弟倆，歲數都還很小，二十多歲。有時候早上開了店門，姐姐在那裡掃地或者是招呼客人，弟弟還在靠窗那很窄的床上睡覺；或者是弟弟在那裡招呼客人，姐姐在那裡睡覺。這小店裡，就那麼一張很窄的床，人們不知道這姐弟兩個怎麼睡覺。也許，一個睡在這窄床上，另一個到了晚上會睡在櫃檯上，但櫃檯是玻璃的，能睡嗎？能翻身嗎？但人們才不管這些，人們想過也就忘了，而這姐弟兩個人的生活卻一天一天地繼續下去。有人不相信他們是親姐弟，但有人出來作證了，是這姐弟的叔叔，人們才又知道，這姐弟倆原來是開包子鋪那老兩口的兒女，那包子鋪就在西邊。

在這條街上做事的，大多都是河南人，他們大多都是互相扶持著來到這裡做生意，你幫我我幫你。他們之間多少都還有些親戚關係，互相照應著，大家出來，都不容易。這條街上原來的幾家河北那邊的後來也就都走了，也說不上是擠兌，但許多的不方便都在裡面。口音不對，說的話就少，凡是做生意，都需要抱團，可以互相照應，所以是老鄉最好。就比如這座城市澡堂裡面的搓澡工，都是揚州那邊的，有一兩個不是揚州的，即使手藝好也待不久，做幾天，或是做幾個

河南街

月，最後的結局總是捲舖蓋走人。

這家土產店往西走就是那間很大的超市，超市與土產店之間就是那家包子鋪。包子鋪呢，門面也不大，天氣暖和的時候，蒸包子的那個爐會被搬出來放在店門口，熱氣騰騰的，小蒸籠堆得老高。門裡面是一張案子，有人總是在那裡不停地包包子，吃包子的人坐在更裡面的幾個小座位上。這小店除了包子，還賣稀飯和酸辣湯，還有小菜，也就是芥菜疙瘩切的絲，太鹹，不要錢，放在一個紅色的塑膠盆子裡，誰要誰自己去取，旁邊放著一摞小碟子。包子有好幾種，味道還不錯，包子鋪的女老闆歲數不小了，她又賣包子又打下手，剝蔥、擇菜、擦拭桌子、洗碗筷，她男人負責在那裡又是揉麵又是包。有人要包子了，她答應一聲，馬上就遞了過來，有人打包，她亦是隨手就好，麻利得很。小籠包是四塊錢一籠，一籠六顆，一般人也就夠了，若還不飽，就再來碗粥或一碗酸辣湯，粥和湯都是一塊錢，加起來不過五塊錢，這頓飯很便宜，所以經常來她這裡吃飯的都是學生、上班族、做小買賣的；也有熟客，幾乎天天來；還有那個撿瓶子的老頭，人們都叫他陸老師。就這個陸老師，穿著還算乾淨，但他沒戴眼鏡，這就讓人懷疑他是不是真的當過老師，在人們的印象中，老師都會戴那麼個眼鏡。人們都知道陸老師已經退了休，現在的工作好像就是到處撿玻璃瓶子，來了，也不肯坐，要一籠小籠包，總是吃四顆，剩下的兩顆帶回去，雖是兩顆包子也打包。

「算是晚上的飯。」陸老師說。

「中午那頓呢？」有人在旁邊嘻嘻哈哈問。

陸老師說中午也許吃麵，或者說今天中午也許吃白飯炒菜，或者說中午吃大饅頭夾豬頭肉。陸老師一轉身離開，就有人說話了：「還大饅頭夾豬頭肉！夾泥巴樹葉子吧！」人們都說這老頭怎麼可能是教員，有教員撿瓶子的嗎？

這個陸老師天天都要出來撿東西，主要是撿玻璃瓶子，都塞在一個大袋子裡。有時候他會跟著一個人走，那個人正在一邊走一邊喝飲料或者是可樂，快喝完了，陸老師會跟著一直走，是跟著瓶子走。就這個陸老師，這兩天忽然不見了。

包子鋪的女老闆問她男人：「陸老師是不是病了？」

她男人手不停，一下一下一下一下，揪劑子，兩眼卻看著外面，說：「早上還看見他往西邊去了，」又說，「什麼陸老師，我看他根本就沒當過老師，當老師的還會去撿破爛？」

女老闆說：「話不能這麼說吧！人們都這樣叫他，都叫他陸老師。」

女老闆的男人就不再說話，繼續一下一下一下一下，這回是擀，擀十個二十個皮子，然後包，一下一下一下一下。好一會兒，又說：「反正我看他不像，他到處撿瓶子，要是讓他的學生看到了呢？」

他這麼說話的時候，他老婆已經開始擇韭菜，把一捆韭菜解開，抖了抖，然後擇，再洗，瀝乾水再切，這是一種餡料。弄完這個，再弄小白菜，說小白菜，其實都是菜市收攤的時候買回來的油菜，用水泡一陣子，再擇，然後再洗一遍，整棵放在鍋裡焯一下，擠了水再切，這又是一種餡料。雖說是小店，但天天都要從早忙到晚。肉餡是晚上做好的，一大盆，都放在一個紅塑膠盆子裡，另一個盆子，是豆餡，還有一個盆子，裡面是菜餡。其他餡料是用多少現拌，拌什麼餡料從肉餡裡面鏟出一些一拌就是。各種餡料裡面數香菇餡最麻煩，發香菇，切丁，香菇的梗子肯定不會扔掉，這就更難切，但人們很愛吃這種香菇餡的小籠包，從早上起他們要一直忙到晚上。

「當老師也不容易，嗓子都是啞的。」女老闆擇著韭菜，又說。

「我容易嗎？」男的說。

「那你也沒去撿瓶子。」女老闆說。

「哈——妳希望我去撿瓶子？」男的說。

「撿瓶子又不丟人，」女老闆說，「又不是去偷。」

「哈——好人誰去撿瓶子？」男的說。

「撿那麼多瓶子放哪兒？」女老闆說。

「哈——」男的這回笑了，「收破爛的可有的是地方。」

女老闆也笑了。現在是人們剛剛吃過早飯但還沒到吃午飯的時候，雖然兩口子手裡不停，但他們可以說說話，到了中午客人一來，他們兩口子哪有工夫說話？他們總是從早忙到晚，晚上那頓飯直到半夜才能吃到嘴裡。

「我們的包子，他說一天不吃就想得慌。」女老闆說。

「我們的包子應該漲了，一個一塊錢才對，」男的說，「一籠六塊錢也不貴。」

「陸老師兩天沒來了。」女老闆說。

「天下又不只妳一家包子鋪。」男的說。

這時候電話響了，男的順手接了，是請他們中午送包子的。打這種電話的是熟顧客，也都住在附近。男的順手記了一下，靠案板的牆上有個小本子。

河南街

這條街，怎麼說呢，是要多窄有多窄。這條街雖然窄，但它可以把東邊和西邊的兩條街連起來。抄近路的人都喜歡從這條街走，還有就是為了躲避紅燈和照相機的車輛也會從這裡抄近道，所以這條街就特別的擁擠，特別的易塞，上班下班的時候就更擠，所以人們就都說「該出事誰都攔不住」。誰出事呢？是賣包子的女老闆的男人，是大早上，他把熱氣騰騰的包子打包好，一共有許多包，都是那些老顧客的，他天天都得送一趟，哪家要多少個、哪家要多少個都是前一天打電話說好的。雖說放在塑膠食品袋裡，卻不能把口繫上，都要讓口通風，騰騰地冒著熱氣，要是繫上口就糟了，包子就會被黏住了，不好吃了。他拎著包子，上了他那輛三個輪子的車，車剛出發人就飛了起來。一輛小貨車從東邊開過來，這時候街上還沒有多少人。小貨車為什麼會一下子就把車打偏了呢？原來它是為了躲一個老太太，那個老太太歲數大了，走得很慢，她原本是要過馬路到對面去，但她沒有先停下來，徑直就往對街走，那輛小車一躲她，包子鋪那個忙著出去送包子的男的就飛了起來。

這時候，怎麼說呢，街上的人還不多，但人們還是聽到了「嘭」的一聲，就見包子鋪的那個男的飛了起來，一下子又落到了那輛車的前擋上，撞在玻璃上了，然後再一跌，跌到了地上。那輛送包子的三個輪子的車在原地打了一個轉又停下來。車上的司機下來了，是個年輕人，他嚇壞了，他跑到車前面把包子鋪的男人扶起來。人們都看見血了，從包子鋪的那個男的鼻子裡、嘴角上，好像連眼睛都有血，但他站起來了，一下子就站起來了，這讓旁邊的人都吃了一驚。他站起來後先看了一下他的送包子的車。這時候那個年輕司機從車上取來了一大捲衛生紙，他幫包子鋪的那個男的擦血，包子鋪那個男的臉上都是血，但還是擦乾淨了，雖說擦乾淨了，但馬上又有血流了出來。旁邊的人都看著包子鋪的男人。

有人說：「你動動，動動，試著動動。」

包子鋪的男人用手拍了拍自己的手臂，說沒事；又拍拍自己的腿，說沒事；他把兩隻手臂揚了揚，說沒事。

有人說：「你再走幾步，走幾步。」

包子鋪的男人走了幾步，說：「沒事。」

那個小車司機在一旁幫包子鋪的男人擦臉上的血，那血慢慢不流了。有人建議包子鋪的男人洗一下，有人去取盆子了，去小河南那邊，不一會兒連盆帶水還有毛巾都取來了，包子鋪的男人就在那裡把臉洗了洗。

「看看這，看看這，多危險。」旁邊有人說。

包子鋪的男人這時候想起他送包子的事了，他對那個站在一邊發愣的司機說：「你走吧，我沒事。」

那個年輕司機說：「要不要去醫院看看？你放心，我也放心。」

包子鋪的男人又揚了揚手臂，說：「沒事，你走吧，我還要去送包子呢。」

「好傢伙，你剛才飛多高。」旁邊有人說話了。

「我怎麼就飛起來了？」包子鋪的男人說。

人們都看看包子鋪這個男人送包子的車，都覺得奇怪。就是啊，這個人，這麼大的人，怎麼就飛起來了呢？

包子鋪的男人說他沒事，他要去送包子了，他的老顧客還等著吃呢！他上了他那輛送包子的車，他先走，然後那個開小車的司機後走。小車司機是個好人，又緊追幾步，他讓包子鋪的那個男的停停，說要留個電話給他。「有什麼事打電話給我。」

「哪有什麼事，」包子鋪的男人說，「我這不是好好的嗎？」

「叫你兒子過來替你送一趟。」有人說話了，是熟人。

「他店裡也忙。」包子鋪的男人說。

「你該去醫院看看。」這人又說了。

「沒事沒事。」包子鋪的男人擺擺手。

包子鋪的男人送他的包子去了，河南街也慢慢熱鬧起來。車也多，人也多，天氣雖然冷，但這地方就不顯得那麼冷。因為人多，便你擠我我擠你，有人舉著一支掃院子的那種大掃帚擠過來了，有人扛著捲成一個大捲的棉門簾擠過去了。有人扛著一大團繩子往旁邊擠，有一個什麼東西過來了，很大，是一個鍋爐，在一輛小四輪上。這你就知道了吧？河南街簡直又是個小商品集散地，在這條街上，你幾乎什麼都能買到，只有賣糖葫蘆的站在那裡不動，糖葫蘆紅亮亮的真好看。

河南街真是熱鬧。這種熱鬧原是無法寫出來的，必須你自己站在那裡去體會，雖然沒有什麼驚心動魄的事情發生，但許多人都喜歡來這個地方，即使不買什麼，即使沒什麼熱鬧可看，但他們就是喜歡待在這裡。這就是日子，人們的日子原本都是這樣過下來的。看起來熱鬧，而實際上是平庸單調沒什麼意思，就像是一條河，「嘩嘩嘩嘩」地流著，是浪花飛濺，是大浪加上小浪，而水下面其實

河南街

很平靜。

新的一天來了，天氣是一天比一天冷了，河南街和別的地方一樣，睡了一晚上，安靜了一晚上，現在又在太陽下醒了過來，這有什麼好說，沒什麼好說。街兩邊的店鋪一家接著一家開門了，賣包子的又把爐子推到了門外，爐子上是很高一摞蒸小籠包的那種小蒸籠。因為天氣已經很冷了，門一開就會有大團大團的熱氣跟著冒出來。包子鋪旁邊的那家小店也開了，裡面的人正在掃地，把睡了一晚上的那種可以折疊的床收了起來，收起來的床立在了門後，這樣一來店就像是大了一點。再旁邊的那家店，已經有客人進去了，不知要買什麼，正在和店主說話。

店是一家一家都開了，時間便一點一點過去，很快就到了中午，終於有事情發生了。人們都發現，這條街最西邊的那家小河南的五金雜貨店沒有一點動靜。一開始，人們在心裡嘀咕，這個小河南，怎麼這麼能睡？到後來，人們覺得是不是有什麼事，已經中午了。再到後來，人們去敲門，門上是那種裡外都可以鎖的暗鎖。人們又是推門又是敲門，可裡面居然連一點動靜都沒有，人們覺得有事了，出事了。旁邊店的人，還有小河南的老鄉，不少人都跑到這邊來，人們都很急。這時已經是中午了，人們決定把門打開，但這門還真不好開，裡面是那種玻璃門，玻璃門外又是一道鐵門，要把門打開，須先把鐵門打開才行。人們只好去找開鎖匠，但河南街上還沒有開鎖匠，等到找來了開鎖匠，時間又過去了足足半個多小時。人們都緊張了，都圍到這邊來。人們不敢說小河南出事了，只說「怎麼還在睡！」、「這傢伙真能睡！」有人想起小河南吹的笛子來了，小聲說：「以後恐怕聽不到了。」有人突然尖叫了一聲：「還有孩子呢！兩個孩子。」這聲音很尖，卻一下子又小了下去，不再出聲。鎖匠開鎖的時候，不知是誰衝上去猛地把門敲了兩下，「小河南、小河南！」但裡面連一點聲音都沒有。

小河南的五金雜貨店終於打開了，人們讓個空間，又擁上去，小河南的店門、那鐵門和裡面的玻璃門都打開了，人們的心都提到了嗓子眼那裡，但忽然，人們都不敢進去，誰也不敢第一個進去。終於有人進去了，喊：

「劉金貴，劉金貴，金貴，金貴。」

但這個人很快又出來了。

人們的心又都從嗓子眼那裡歸了原位，因為這個人說：

「裡面根本就沒人。」

這個人又說：「這個死金貴，嚇死人。」
人們這才知道小河南的名字叫「劉金貴」。
這是個很好聽的名字。
人們遂慢慢慢慢散開。
「這個死金貴！」
那人又說。
「金貴——」
這人又大喊了一聲，把周圍的人嚇了一跳。
太陽偏向西面的時候，河南街更熱鬧了。快要過年了，人們有各種東西要買，有各種事情要辦。街對面的公園裡有鑼鼓聲響起，是大媽舞蹈開跳的時候到了。其實她們是從早上跳到下午，再從下午跳到晚上。晚上如果不冷，她們也許會跳到更晚，她們雖然都老了，但她們彷彿有無窮的活力，只是她們的活力好像已經找不到正經去處，只能交付給舞蹈。其實她們的舞蹈一點也不好看，只是那鑼鼓點為這邊的河南街憑空增添了一些喜氣，人們就是在這莫名其妙的喜氣中擠來擠去，這一天就這樣過去。

真是心亂如麻

九年前年她就找到了這份不錯的工作，當時也真是湊巧，這家的主人急著要找一個像她這樣的保姆，因為他們馬上就要出國，全家都出去，去紐西蘭定居，而他們的母親卻一時怕沒人照顧。她和這間房子的主人只見了兩次面，就拖著她的全部家當來了。從那時候起，已經過去九年了，在這整整九年中，這間房子的主人一共才回來過三次。現在，她就像是這間房子的主人了，而這間房子的主人也已經把一切都交給了她，包括家裡所有的鑰匙。

他們給她的薪水不能說低，一個月兩千六，每年會定期往回寄兩次。而老太太的退休金，她每個月會替老太太去銀行取一次。而且這間房子的主人還對她說過，只要把他們的母親服侍好了，她的薪水每年還會遞增一百。如果他們的母親能再活一百歲的話，她的薪水到時候就會增加一萬！好傢伙——當然她知道誰也不可能活那麼久，即使是拚命讓自己活也不可能。她明白即使是自己，如果現在才十七八，也活不了那麼久。她現在不敢想這件事，她唯願這間房子主人的母親就一直這麼活下去，她甚至想最好是自己有一天忽然不行了，而這間房子主人的母親還好好地活著。她想過死，其實每個人都或多或少想過死。她覺得最好的死法就應該像樓下的那個老頭，上午還在院子裡大聲說話，用除草器修理草坪，到了晚上聽說就不行了，正吃著飯，喝了一杯白酒，就一下子趴在了餐桌上。但她內心希望這間房子主人的母親一直活著，她活著她就有事做有地方住。她很早就是單身一人了，丈夫早就去世。廠裡的鍋爐發生了大爆炸，她丈夫當時正站在鍋爐前面，人一下子就沒了，只有一條腿在牆上貼著。而她也沒有子女，所以丈夫去世後，她就一直住廠裡的公共宿舍。也正因為如此，這間房子的主人才一下子就選中了她。直到現在，她一直都很感謝這間房子的主人。那時候，她整天擔心她那些有限的東西該放在什麼地方？東西雖然不多，但都是必需的，從工廠宿舍把那些東西一搬出來，她就慌了，好像是世界末日來了。也正是那時候，她被介紹來這家做保姆。

這家的房子很大，是這棟大樓最頂端的一層，是複式二層，上面那一層南北還各有一個很大的露臺，只不過南邊的比北邊的大一點。她來這家做事，也就是每天一起來就打掃，先擦地板，然後再擦拭家具，然後是做飯。剛來的時候這家人還沒全走，就讓她住在樓上一間靠近衛浴的小房間裡，那間房間的屋頂是傾斜的，動不動就撞到頭，不過她現在早已習慣了。衛浴旁邊還有一間屋頂傾斜的小房間，裡面掛著不少女主人的衣物，現在那些衣物都還掛在那裡，裙子大衣什麼的，用一幅白色的大窗簾蓋著，還有許多鞋盒。已經九年了，從沒人去動這些東西，她進去過幾次，去看暖氣是不是夠熱，有一次她還打開一個鞋盒，把裡面的鞋取出來試了試，她這麼做的時候心裡「怦怦」亂跳，好像自己已經做了什麼壞事。這家的主人讓她住到樓上有他們的想法，樓上兩個露臺，他們怕那些修補屋頂的工人晚上會偷偷從露臺溜進來，或者是別的什麼人，小偷也常常會爬到最高這一層來。這家主人考慮到這一點，就讓她住在了樓上。但現在她又住在了樓下，等這間房子的主人一走，她就下來了，主人的母親非要讓她下來，她現在就住在這家主人母親旁邊的那間房間。但她自己帶過來的東西都還放在樓上。

樓上那間房裡有一張床，床上鋪著本來是用來鋪在地板上的那種很厚的紅色麻毯，麻毯被貓抓得亂糟糟的，那隻貓現在不在了，已經送了人。靠牆是一個書架，架上放著一些沒用的課本，都是這家女兒上高中時候的課本。還有個小瓷爐，那種黑黑的，像個小亭子，打開蓋可以插香，還有兩盒蚊香，那些蚊香她想肯定連一點氣味都沒有了。有一次她居然還點了一下，香冉冉升起來的時候，她的心裡又「怦怦」亂跳起來，好像自己已經又做了什麼壞事。她的一個舊皮箱，還是當年買的二手貨，但很結實。還有一個塑膠箱，粉色的，上面的兩顆小輪子早就不能動了，原本還可以拉著走，現在就放在書架旁邊的地上。還有一些別的什麼，都打包了放在書架上面，蓋著發黃的報紙，那好幾大包東西她好久都沒打開過了，因為她從來都沒想過再去別的什麼地方。九年的時間讓她覺得這裡就是她的家。

春天的時候，她還在南邊的露臺上種了不少東西，用那種塑膠盆，那種綠色的很大的塑膠盆。當年不知道這家主人用這種盆子種什麼，她把盆裡乾枯的根子挖出來看了老半天，還是不知道是什麼植物。她在這種盆子裡種番茄和青椒，她自己留的種子，把選好的番茄和青椒一起晒乾，再把種子取出來，到了春天直接種到盆裡，還有薄荷和紫蘇。老太太也經常跟著她在露臺上看她澆水，或者跟她一起晒晒太陽。北邊的露臺上還有七八盆花，都是紅色天竺葵，她經常一邁腳就走到那邊去澆花。冬天的時候她還會做臘肉，把帶皮五花肉買回來，用醬油和糖當然還有白酒醃那麼幾天，然後把它們拿到南邊的露臺掛在晾衣服的繩子上。老太太很愛吃她醃的臘肉，只是老太太的牙齒不好了，一小塊臘肉要嚼上老半天。誰知道老太太那口假牙都鑲了有多少年了，動不動就往下掉。吃飯或說話時，只要老太太把手往嘴邊一抬，她就知道老太太嘴裡的假牙又要掉下來了。

那天，她對老太太說現在鑲牙很方便，不費事。

老太太正把湯匙往嘴邊送，湯匙裡有一點白飯。「我還能活幾年。」

老太太的這句話讓她的心裡一時很煩亂，她站起身就去了廚房，心裡「怦怦」亂跳，她忘了自己到廚房要做什麼，水也沒有開。她在廚房裡站了好一會兒，她問自己，要是眼前這個老太太突然不在了，自己應該去什麼地方？什麼地方可以讓自己去？她被這個問題嚇了一跳。

可老太太現在確實是一下子就沒了，今天早上一起來她就覺得有什麼不對勁，屋子裡靜得有點不對勁，既沒有咳嗽聲，也沒有別的什麼聲音。她在廚房裡做好了牛奶麥片，心裡不知道怎麼就「怦怦」亂跳起來，她覺得是不是出什麼事了，她拿著一個玻璃杯去了老太太那間房。床上的老太太頭歪向一邊，嘴微微張著，人一動也不動，已經死很久了。

真是心亂如麻

現在老太太就靜靜躺在她房間裡的床上，就跟睡著了一樣。老太太的樣子並不讓她害怕，讓她想不明白的是老太太得了什麼病，怎麼會一下子就死了？從上午到現在，她就一直呆坐在老太太房間旁邊自己的房間裡，就坐在窗邊的床沿上。從窗裡看出去，對面頂樓的雪化得差不多了，春天快要來了，有人在對面擦玻璃，人蹲在窗戶裡面，一條手臂伸在外面。這說明外面的天氣很好，但她的腦子卻是要多亂有多亂。窗臺上的那兩盆天竺葵有點缺水，葉子枯萎了。

這時又有人打來了電話，電話響了好一陣子。她希望這通電話不是從國外打過來的，一旦是國外打過來的，她不知道自己到時候該怎麼說，但打電話的又是那個女的，那女的在電話裡總是說什麼東西做好了，讓她過去試試。她沒說什麼就又把電話放下了。她已經想好了，要是老太太的兒子或其他人打來電話，她就說老太太睡著了。一般來說，她一說老太太睡著了他們就不會再讓她把老太太叫醒。很長時間，他們都不打電話了，他們都很放心，因為他們為老太太找了她這樣一個保姆。她想他們也應該放心，她想他們已經吃定了她，知道她希望老太太一直活下去，老太太只要活著，她就有住的地方和吃的地方，還有薪水。他們也知道她希望老太太活的歲數越大越好，到時候她每年還能多一百塊錢，所以他們一定都很放心。所以他們打電話過來的次數越來越少，更別說回來看看。

她坐在那裡，兩隻手的手指交叉著，兩眼一直看著窗外。對面樓靠頂樓的地方雪化得差不多了，下面靠屋簷的地方雪要多一些，那天，對面那戶人家頂樓的太陽能熱水器可能是壞了，水一直往下流，亮花花的，就一直那麼從頂樓流到了下面的院子裡，再從院子裡流到院子外的路上去。這時，她看到了熱水器上落了一隻很大的鳥，黑色的，但她從來都叫不出鳥的名字。她其實很愛看有關動物的電視頻道，但老太太不愛看，她也就算了，雖然樓上還有一臺電視，就在一上樓的地方。電視前還放了一張很寬大的椅子，椅子旁是一排小書架，上面塞滿了過時的課本和過時的雜誌。這臺電視已經很久沒人看了，有兩次，她悄悄上樓打開了電視，找到了動物星球頻道。她這麼做的時候心裡又「怦怦」亂跳，又像是自己已經做了什麼壞事。

她坐在那裡，她不知道自己現在應該做些什麼，該不該打個電話給那邊，把老太太的死訊告訴他們？老太太此刻靜靜地躺在旁邊的房間裡，如果沒人動她，她想必會這樣一直躺下去。她聽見，有什麼又在「嗡嗡」地響。她一直不明白是什麼在響，她覺得是不是樓上浴室的蓮蓬頭在響，她剛才上去了一趟，發現聲音不

真是心亂如麻

在那地方。這下她明白是自己的腦子裡在響，那響聲是她早上發現老太太死在床上時「嗡」的一聲響開的。她現在不知道下一步該怎麼辦。

「要不要打個電話給那邊？」她問自己。

這時候電話忽然又響了，把她嚇了一跳。

她用一隻手壓住自己的胸口。

「找時間過來一趟。」電話裡的聲音像是特別遙遠，又是那個女的。

她沒說什麼就又把電話放下了，她實在是想不起這個打電話的女人會是誰。在這九年中，有時候會有電話打過來找老太太，都是當年和老太太一起教過書的老教員。她們也都老了，七老八十了，都上不了樓了。有的還在染頭髮，但都染得馬馬虎虎，白白的頭髮根都露在外面。老太太的同事們都老了，能上樓也不想上。有時候老太太還會出去和那些七老八十的老頭子老太太聚一下，也僅限於喝杯茶，在街心公園的那個小湖邊，茶座就在賣茶的那個小房子旁邊。老頭子老太太一般都喜歡去那個地方。每逢聚會，老太太都會讓她攙著上樓下樓，每上一層都要歇上老半天，下樓的時候會好那麼一點，但也氣喘吁吁。

這時候電話又響了，她站起來，看著電話，好像一下子看到了電話那頭，很遠的地方，那個叫紐西蘭的地方，感覺中是一大片綠的地方。她對自己說：如果是那邊的電話，就說老太太還在睡覺。

電話又是那個女人打過來的，她弄不明白這個女人會是誰。是不是又要來一次聚會？她把電話放下來了。

電話放下來的時候，她聽見那個女人在電話裡又說：「過來試一下就行。」

她動手收拾起自己的那些東西已經是下午的事，她把兩個箱裡的東西都取了出來，離上次打開箱子取東西已經過了很長很長時間了。她也不知道自己為什麼要收拾自己的東西。要是這家的老太太還活著，一定會過來問她想做什麼。她把箱裡的東西取出來再放進去，東西忽然放不下了，好像是一下子多出了什麼。她從來都是把自己的東西收拾得有條有理，但現在一切都亂了。她沒有一點主意，放在箱裡的舊衣服忽然怎麼也疊不好了，剛才她突然覺得自己是不是產生了錯覺，老太太是不是沒事？是不是還活著，就又輕手輕腳過去了一下，老太太還是那樣子，臉朝一邊歪著，嘴微微張著。要是沒人動她，她會一直這樣待下去。她站在那裡，彎著點腰，看著老太太，老太太的枕頭上繡著一朵很大的向日葵，黃黃的，她知道那枕頭不是老太太的，是老太太孫女上大學時用過的，她喜歡，就一直枕著它。她看著老太太那張臉，還有那被壓住一半的向日葵，她回過身，把五斗櫃上蒙在電風扇上的那塊白紗巾慢慢取了下來，白紗巾上沒有半點灰塵，很乾淨，她就用這塊白紗巾把老太太的臉給蒙了起來。

接下來，她吃了一點東西，就是早上替老太太做的麥片，她吃了一點，然後就上了樓。她忽然不想再待在樓下，過了一會兒她又下了一次樓，把老太太的那間房門給關了起來。她希望這時候有電話打過來，最好是從那邊打過來，她想好了，只要那邊這時候把電話打過來，她就會馬上把老太太的死訊告訴他們，他們也許很快就會從紐西蘭那邊趕回來。但她也想好了，要是那邊不打電話過來，她也不會打電話過去，雖然她知道那邊的電話號碼，但她不知道自己打過電話之後將會發生什麼事，可以肯定的是自己不能再繼續住在這裡。自己到時候要搬到什麼地方去住？或去什麼地方再重新找事做？她過去，趴在窗口朝外看了看，對面頂樓白花花的。

她又回頭看了看自己這間房的門，她走過去，輕輕把門關上。

一天過去了，兩天過去了，三天過去了。到第四天的時候她不得不找了些膠帶紙把老太太那間房的門縫封了起來，那種味道實在是太難聞了，但味道是封不住的，她只好重新打開門，把老太太屋子的那扇窗戶打開。老太太還是那樣躺著，當然她也只能那樣躺著，如果沒人動她的話，她只能一動也不動臉上蒙著那塊白紗那樣躺著。她繞過床，踮著腳把窗戶打開，又馬上踮著腳從這間房間出去，然後又把老太太的門縫用膠帶紙封了一下，這樣一來味道小了一點，再說她也像是習慣了。在這四天裡，她又接到那個女的打來的電話，現在是，她只要一聽到是那個女的，就會把電話掛斷。這四天，她一次門都沒出過，也不見有人來敲門，整整九年了，上門的人除了收電費、水費和煤氣費的，她幾乎就沒見過別人。整整四天，她一直待在樓上，有時候會下來找點吃的，廚房裡有泡麵，還有點心，點心都放硬了。她看了看冰箱，裡面有元宵，那種袋裝的，還有溫州人醃的那種雪白雪白的小蘿蔔，這種小蘿蔔原本是粉紅色的，一旦醃成白的，味道就酸酸的很好吃。老太太很喜歡吃這蘿蔔，用一點點瘦肉切成丁，再把這種蘿蔔也切成丁放在一起炒，是一道下飯的好菜。她總是把要拿的東西從冰箱裡一取出來就急急忙忙地離開廚房，上樓的時候心裡又總是「怦怦」亂跳，好像做了什麼壞事。其實她現在沒什麼食慾，一點也沒有。有時候她會下樓去廚房燒一壺水，水壺坐在瓦斯爐上，她往往會把這件事忘掉，當水壺猛地叫起來的時候，她又會被

真是心亂如麻

嚇一大跳。

電話是第五天打過來的，從遙遠的紐西蘭，打電話的是老太太的兒子。

接電話的時候，她的心「怦怦」亂跳，她用手按著那地方，到了嘴邊的話又咽了回去。

「睡著了。」她說。

「那就讓她睡吧！」老太太的兒子在電話裡說，「我們那邊下雪沒？」

她朝外望了一下，對面屋頂上的雪已經不見了。

「身體怎麼樣？」

她聽見自己在說：「很好。」

電話裡又說了話：「牙鑲得合適嗎？」

她的腦子忽然亮了一下，忽然想起那個女人無數次打過來的電話。

「怎麼樣？」

她忍不住「啊」了一聲。

電話裡老太太的兒子說老太太是該再鑲口牙了。

「謝謝妳帶她出去鑲牙。」老太太的兒子又說。

她不知道該說什麼，又說：「身體很好。」

「那臺電視，樓上那臺電視，」電話裡老太太的兒子說，「妳可能和我媽看不到一塊兒去，妳就看樓上那臺電視吧，各看各的。」

老太太的兒子最後又說打電話就是想問問鑲牙的事，牙鑲得合適就好。又說，這邊看牙醫要花很多的錢。這時候她聽見電話裡有什麼叫了一聲，聲音很尖，是狗。她知道他們在那邊養了一條狗，她還看過那條狗的照片，黑的。

她對電話那邊老太太的兒子說：「身體很好，放心吧。」

這麼說話的時候，她的另一隻手用力按著自己胸口的地方，好像馬上就要喘不過氣來了。

「一點也不髒。」

她不知道電話裡這句話是對她說還是對站在那邊電話旁的人說，是在說狗還是說人。電話裡又有人說了句什麼，聲音很含糊。

這天她出門了一趟，她徑直去了那家小鑲牙館，她想起來了，她把老太太那口亮晶晶的假牙取了回來。她對鑲牙館的那個女牙醫說老太太這幾天下不了樓，她會先把假牙拿回去讓她試試，有什麼不合適再拿回來。女牙醫說她們可以出診，「有時候幫躺在床上不能動的老人鑲牙，我們都會出診。」從鑲牙館出來，她路過那家賣麵包的小鋪子，她喜歡吃那種最便宜的麵包，那種麵包總是十個連成一片地賣，有那麼點酸味。她買麵包的時候，賣麵包的年輕人正把一個麵包掰開讓另一個顧客聞，並且很生氣地說裡面的果醬都是鮮貨！誰可能用過期的果醬做麵包！她看不清玻璃後面賣麵包的那張憤怒的臉，玻璃的反光很厲害，她只能在玻璃上看到自己，她就那麼看了一會兒自己。她算了一下，要是老太太和她一起吃這十個麵包，她們可能要連續吃五天，但現在只有她自己。

從外面回來，她踮著腳去了老太太那間房，但她沒有進去，老太太的房門還被膠帶紙封著，所以她現在聞不到任何氣味。她把那副假牙用一塊黃綢子包了包，那塊黃綢子是從禮品盒上取下來的，現在終於派上了用場。她把那副假牙仔細包好，然後把它輕輕放在了老太太那間房的門口，遠遠看過去，是那麼黃黃的一小塊。很長時間，它就一直被放在那間房的門口。從樓上下來去廚房的時候，她總會朝那邊看一眼，然後急急走開。她現在是吃在上面住也在上面，平時很少下來，下面這一層除了廚房，地板上都已經蒙上了很厚的一層灰塵。

再有一次，已經快到秋天了，那邊又打來了電話。

「身體很好，老太太和老同事們聚會去了。」

她的手抖個不停，胸口那地方又好像要喘不過氣來了，她正想再說句什麼，那邊已經掛了電話。

疼痛都在看不見的地方

怎麼說呢，到了傍晚，天上都是雲，其中有一大片雲特別的黑，像是馬上就要從天上掉下來。如果真的掉下來，像塊鐵一樣，街上那麼多人怎麼辦？但雲畢竟不是鐵，再黑也不是鐵。李小奇聞了一下自己右手的食指和拇指，又聞了一下，在心裡罵了一聲，但他馬上又在心裡說，也許這事與趙麗沒一點關係。李小奇是去年認識趙麗的，就是這個趙麗，讓李小奇有一種優越感，讓他覺得自己現在已經是一個很成熟的男人。而最近的情況一下子變了，他想自己那地方又癢又紅腫可能與趙麗有關。

因為要下雨，天很快就黑了下來。李小奇覺得自己應該先吃點東西，李小奇和父母不住在一起，他總是星期六日才回一趟家，和父母吃吃飯說說話。李小奇想吃過飯好好睡一覺，後半夜再起來看世界盃，看世界盃的時候可以再喝點酒。但睡覺之前最重要的事情就是吃藥。一想到吃那種藥，那地方彷彿又馬上難受了起來，他已經很長時間不敢往那邊想了，更不敢想去做那種事，他是太熱愛那種事了，那是許多年輕人的共同癖好，根本就讓人無法擺脫的愛好。

李小奇探頭朝下面看了一下車，自己的車就停在那棵樹下，夏天像是過得太快了，但那棵樹上還有零零星星的白花。「該擦車了。」李小奇站到了浴室的大鏡子前，褲子脫下來後，他就那麼站著，叉著腿，褲子一直褪到膝蓋以下，還有他的白色短褲。他轉過臉朝窗戶外看了看，對面根本就沒有人，要是有人想往這邊看，非得有望遠鏡才行。

李小奇住在最高一層，站在這裡，他也只能看到對面最高的那層，要是下雨，那些紅瓦片會一下子突然變亮，顏色也會變得深濃起來。李小奇把那條雪白的毛巾拿起來看了一下，他張開腳，用一隻手把水潑到那地方，抹了一點點香皂，然後用水沖了沖。他把毛巾拿過來，看了看，又扔回到架上去。這時候有鴿子從窗外一掠而過，又「嘩嘩嘩」落下來，李小奇的陽臺上現在都是白花花的鴿子屎。

對趙麗來說，這一天真夠倒楣，她是在洗澡的時候才敢哭出來，因為她是站在花灑下面，所以不會有人看出她是在哭，趙麗讓水不停在從頭上淋下來，淋在

疼痛都在看不見的地方

自己的臉上，淋在自己的身上，別的人都各自洗著自己的澡，沒人注意趙麗，更不會有人注意到她的身體有什麼變化，其實她的身體根本就沒什麼變化，那地方的微小變化也只有她自己知道，那地方，那一小片，現在已經不再火辣辣地痛，但如果彎下腰來仔細看，會看到那地方不但光光的，還有些紅腫，但誰又會彎下腰朝別人的那地方看，即使是趙麗自己，也不會總是彎下腰看自己那地方。她也不希望別人看，那地方不是讓人看的，那地方的痛也是不能對人說的。

「是不是那個來啦？」張姐的聲音從滿頭的泡沫裡發出。

「沒事。」趙麗說。

張姐頭上的泡沫從頭上移下來，滑過肩部，又漫過肚子，腳下，一直到排水孔，排水孔那裡已經堆起很高一大團泡沫。她又問了一聲：「妳是不是肚子不舒服？」

「沒事。」趙麗又說。

「妳怎麼沒帶洗澡的東西？」張姐問趙麗。

趙麗想對張姐說說李小奇的事，但沒說。

「沒關係，用我的。」張姐把自己的遞了過來。

早上，李小奇打電話過來的時候，趙麗和往常一樣，先匆匆忙忙檢查了一下自己口袋裡的錢，那點錢足夠她和李小奇吃飯了，她和李小奇吃飯從來都是她來買單，然後，她找了個藉口，對上司說上午要出去幫家裡辦點事，中午以後肯定會回來，趙麗的上司很年輕，未婚，人長得又瘦又小，雖然滿臉不高興，但還是答應讓她出去。「早點回來。」

趙麗不知道李小奇要帶自己去什麼地方？新聞賓館可真是一個安靜的好地方，門口還種了不少芍藥，只不過現在芍藥已經謝了，但趙麗還是記住了那些芍藥都是粉色的。或者就去那條河邊，那地方有許多樹和許多隱蔽的地方。那一次，趙麗發現有人在看他們，那時候他們已經開始了，那個人就站在離他們不遠的地方，不是站，而是蹲在一塊石頭上。

趙麗小聲對李小奇說：「李小奇，李小奇。」

李小奇抱著趙麗的腰，因為有樹遮著，那人沒發現李小奇和趙麗也在看他。李小奇小聲對趙麗說：「別怕，信不信我都敢大聲叫出來，大喊一聲讓他滾。」

從第一次到現在，趙麗都特別依戀李小奇，也特別聽李小奇的話，雖然趙麗心裡明白李小奇根本就不會娶自己，雖然李小奇現在也還沒成家，但趙麗希望李

疼痛都在看不見的地方

小奇說話算話，能幫自己找一份工作。整整三年，自從畢業後趙麗一直東奔西走想為自己找一份工作做。到後來，幾乎是什麼事都願意做，但就是什麼工作都找不到，後來她就開始做現在的這份工作，她得寄錢給家裡，給她的母親，直到現在，她都說不清那孩子是誰的孩子。雖然李小奇不停地說能幫她找到好工作做，趙麗也知道李小奇認識的人很多，但李小奇說這種事得看準機會。

李小奇還仔細看過趙麗的畢業證書。「怎麼會是五年？」

李小奇居然會不知道醫學系要整整讀五年。

上午，李小奇來接趙麗，臉色很不好，但趙麗沒太留意。

趙麗晚上睡得太晚，所以直到李小奇來接她她還有些迷迷糊糊，再說李小奇一旦穿上他上班的時候必須穿的那身衣服，就顯得像是不高興，所以趙麗也沒察覺出什麼不對勁。車上了高速公路後，李小奇一直不說話，臉色更加難看，但他的手突然有了動靜。也就是說，李小奇把手一下子怒氣衝衝伸進了趙麗的裙子下面，先是從下面伸了進去，然後抽出來，又從上面把手一下子伸了進去。這時候車仍然開得很快，這讓趙麗有點擔心，她兩眼看著前面，卻感覺到李小奇的手在自己那地方抓，抓著抓著就把他想抓的東西抓到了，用他的食指和拇指。趙麗能感覺到李小奇的食指和拇指合攏了，用力了，捏在一起了，然後猛地一使勁，趙麗就尖叫了起來，那種突然而至的疼痛從那地方馬上傳遍了全身，她感覺到自己的頭髮都豎了起來。緊接著，李小奇又來了一下，又來了一下，李小奇的神情讓趙麗不敢有絲毫反抗。趙麗看著李小奇，她被李小奇的行為嚇住了，她想不到他會這樣，為什麼？怎麼會這樣？怎麼會讓自己這麼痛！疼痛有時候是能把一個人鎮住的，趙麗就被來自那地方的疼痛給鎮住了。她當時只感覺李小奇的手，伸在自己那地方的手，食指和拇指，一下，又一下，一下又一下。趙麗可以看出李小奇是氣得不能再氣，車又開得很快，這就更嚇住了趙麗。

趙麗就那麼坐著，兩腿微微張開著，她都不敢把腿合起來。

李小奇就這麼在高速公路上一手開車，一手放在趙麗的內褲裡，一直到他那兩根手指在趙麗的那地方再也找不到什麼。一直到趙麗那地方火辣辣疼痛得像是著了火，好像是，那地方的整塊皮都被烙鐵燙了一下，而且燙焦了，一旦重新有了知覺，就只有疼痛存在。

趙麗不知道李小奇怎麼了，或者他還要幹什麼，趙麗被嚇壞了，那地方的疼痛加深了她的這種恐懼。直到車停下來，那是一片號稱「湖濱別墅」的住宅樓，外部施工已經完了，這一陣子工人們都在裡面忙，到處是白漿。李小奇把車停在了兩樓之間，沒人會注意為什麼有人把車停在這裡，工地東邊有一家大餐廳，去那裡吃飯的人總喜歡把車停在這裡，到了晚上，這地方的車密密麻麻。

「妳說吧！妳到底怎麼回事？」李小奇對趙麗說。

趙麗不知道李小奇是什麼意思。她看著李小奇，恐懼讓她有點發抖，就像上學的時候老師指導她們解剖死人，她在那裡渾身發抖，只好用手死死抓住什麼，後來她才發現自己死死抓著的是自己的另一隻手。

李小奇點了一根菸，叼在嘴裡，他把下面先鬆了一下，然後才把褲鏈拉開，這就足夠了。

「妳怎麼說？」李小奇說。

「老天爺！」趙麗在心裡叫了一聲。

「妳怎麼說！」李小奇又說。

趙麗不知道自己該怎麼說，她看著李小奇那地方。

這事讓李小奇不能不生氣，李小奇從來都沒去過那種地方，幾乎是所有的男人沒事都不願去那種鬼地方。那種地方，一看就不是好人去的地方，雖說那只不過是一家醫院——「男性醫院」，那四個字很大，還被漆成了紅色。李小奇從來都沒想過這種醫院裡面還有接診員，都是很漂亮的女護理師，她們要不是女護理師又會是什麼？還有茶水，接診員讓他坐下，然後端來了茶，就好像在家裡一樣，但那茶寡淡無味，沒一點意思。接診員問李小奇要掛什麼科的號，李小奇就不好意思起來，但他馬上明白自己沒必要不好意思，因為那位接診員說「她明白了」。其實不是她明白，她那麼問完全是為了有話說。這家醫院是男科醫院，這就說明了一切，然後李小奇就被帶到了一上樓東邊的那間看診室。看診室裡沒有病人，卻有一大株龜背芋，老大一棵，幾乎占去了診間的一小半。幾個醫生在那裡嘻嘻哈哈。李小奇馬上就被其中一個醫生帶到了裡面那間小一點的房間。那個男醫生比李小奇的歲數大一點，手指上有戒指。他問李小奇什麼地方不舒服。李小奇猶豫了一下，說是下面。男醫生就讓李小奇自己動手。李小奇有點不好意思，但他接著差點就要叫出來，李小奇看著那根棉花棒從那地方進入到了自己……這是從來都沒有過的事，棉花棒一進去就好長一大段，然後那棉花棒再被慢慢拉起來。就是這麼個過程。那個男醫生說：「最好把你老婆也帶過來做一次檢查。」李小奇「嗯」了一聲。那男醫生又說：「最近你不能做那種事。」李小奇又「嗯」了一聲。「跟誰都不能做。」那醫生又說。

過了幾天，李小奇又去那地方，那個男醫生已經認識李小奇了，把棉花棒遞給他要他自己來。李小奇彎著腰自己來的時候，外面進來了人。

「妳再好好看看！」李小奇對趙麗說。

好一陣子，趙麗都在想著怎麼開口，怎麼解釋。

李小奇說自己現在不得不請假待在家裡，「總不能當著人家的面不停地抓那地方。」

趙麗點點頭，她想說這事不能埋怨自己，她總是勸李小奇用「杜蕾斯」，「杜蕾斯」很好，吹大了，可以把半顆西瓜都放在裡面，是保鮮的好辦法，蒼蠅根本就飛不進去。趙麗總是用這種辦法保存那些吃不完剩下的食品。

李小奇忽然把手放在了趙麗的頭上，這嚇了趙麗一跳，她把身體一下子縮了起來。趙麗的髮質很好，李小奇的食指和拇指在趙麗的頭髮上滑來滑去，最終還是放了下來。李小奇的手指在趙麗頭髮上滑來滑去的時候，趙麗就要叫出來了，趙麗在心裡想李小奇要是真敢再動自己的頭髮，自己就——

其實趙麗根本就想不出自己能把李小奇怎麼樣。

「妳怎麼回事？」李小奇看著趙麗，「說！怎麼回事？」

趙麗的臉朝車窗那邊轉過去，她摸索了一陣，卻摸出了一根菸，但李小奇沒有把打火機像往常那樣遞過來。打火機就在李小奇的手裡，李小奇拿著打火機，看著趙麗的頭髮，心想要是自己把打火機點著，一下子湊過去，會是什麼樣？趙麗的頭髮會不會「嘭」的一下燒起來，頭髮的燃燒應該是緩慢，還是飛快？

李小奇又用手摸了一下趙麗的頭髮，趙麗的身體又縮了一下。

「我被妳弄得連看足球的心思都沒了。」李小奇說。

趙麗的鼻子忽然有點酸，那孩子已經會說話了。

「妳誤了我看足球！」李小奇又說。

剛開賽那幾天，只要一有機會，趙麗就會溜到李小奇那裡看足球，有時候他們一邊看球一邊在沙發上做事還一邊喝酒。「我想許多人都會在這個時候做這種事。」李小奇說。有幾次李小奇等著進球，把速度放到最慢，耐著性子，李小奇說只要阿根廷一射進去自己也跟著來。趙麗覺得那真是一次很不好的經歷，阿根廷一顆球都沒進。而另一場球賽，趙麗輸給李小奇一條中華菸。

趙麗打電話問李小奇在什麼地方，這是下午的事。電話一打通，趙麗就被嚇了一跳。李小奇在電話裡大吼大叫，說這一次可抓到了，李小奇在電話裡問趙麗，貓是怎麼爬到頂樓上來的？「媽的，這次可讓我抓住了！」趙麗當然不會知道貓是怎麼爬上去的，她對這些也不感興趣，她對李小奇的鴿子也不感興趣，她只想馬上和李小奇和解。既然交往這麼長時間了，既然李小奇還答應幫自己找一份工作做。趙麗已經去黑市買到了中華菸，有了香菸，趙麗心想那件事馬上連帶著球賽的事就會結束了。趙麗知道李小奇的事與自己無關，因為自己一點事也沒有。下午的時候，趙麗又請了假，說上午的急事還沒有辦完，下午必須再去一趟醫院。

趙麗是開著車子去李小奇那裡的，趙麗有一輛很小很小的車，她沒花多少錢買了這輛車，人們都笑話她這輛車，為了不讓人們笑話，她乾脆讓人把這輛車裝飾得花花綠綠。趙麗在那棵槐樹下停好車，上了樓，中間歇了一下，還沒進到李小奇的家，趙麗就聽到了有什麼在李小奇的屋子裡叫，不是一聲一聲地叫，而是拖長了聲音，聲音真是淒慘。

「什麼聲音？」趙麗問李小奇。

「進來！」李小奇滿嘴酒氣。

「怎麼這聲音？」趙麗說。

「又咬死我兩隻鴿子。」李小奇說。

那天李小奇對趙麗說過，說凶手是從天上飛下來的鷂子。

「只有鷂子才有可能做這種事。」李小奇說。

趙麗說自己不知道什麼是鷂子。

李小奇說一般人都不知道什麼是鷂子。

「你不是說是鷂子？」趙麗說。

「妳說牠是怎麼爬上來的？」李小奇說，「媽的！」

「是鄰居的貓吧。」趙麗說。

「問題是牠怎麼上去頂樓的？」李小奇說，「媽的！」

「那是什麼東西？」趙麗換了鞋，她讓自己假裝已經沒了什麼事，假裝上午什麼事都沒發生過，她要自己這樣，雖然下面那地方還在隱隱作痛。趙麗又問：「那是什麼？」她看到了地上的那一捲膠帶紙，不是一捲，準確來說應該是一個長筒狀，那長筒狀的東西這時候正在地上滾來滾去，那種難聽的聲音就是從那筒狀的東西發出來的。趙麗馬上看清了，看清了地板上的血，看清了筒狀的一端露出來的貓頭，還有那兩隻尖尖的貓耳朵，向外伸著的，還有兩隻血淋淋的貓爪子，只不過那貓爪子有點怪，是禿禿的兩根棍，向前伸著，血就是從那地方流出來，貓的哀號很嚇人。

李小奇跌跌撞撞進廚房去了，只一會兒。

李小奇把什麼從廚房拿了過來讓趙麗看，那是一堆用報紙包著的東西，趙麗不知道裡面會是什麼東西，也許就是那兩隻死鴿子，但又不像，兩隻鴿子不會是那麼小的一個包，趙麗的牙齒忽然開始打顫，她看清了報紙裡面包著的兩隻血淋淋的東西，但她還是不明白那是什麼。

李小奇說，妳這麼笨，貓爪子妳都看不出。

趙麗一下子就跳了起來，她剛才還想晚上請李小奇吃飯。

這時候那個筒狀的東西又慘叫著滾到另一邊去了。

「你再怎麼樣也不能把貓爪子給剁了！」趙麗聽見自己尖叫了起來。

「牠吃我的鴿子！」李小奇說。

趙麗好像看到了一隻貓，一隻沒了兩隻爪子的貓在那裡艱難地行走。

「你不應該！」趙麗說，「牠是貓！」

李小奇用一根手指按著自己的太陽穴，說：「他媽的！鴿子呢？」

趙麗忽然不知道該說什麼了。

「妳來得正好。」李小奇說要趙麗幫一下忙。

趙麗不知道李小奇要自己幫什麼忙，她誤解成那事了，李小奇需要的時候總喜歡說「幫忙」。「幫一下忙。」李小奇要趙麗把那個紙筒狀的東西，也就是把那隻已經被李小奇剁掉了兩隻前爪的貓按住。趙麗以為李小奇要放了牠，要把纏在牠身上的膠帶紙一層層弄開。但即使這樣，這隻貓以後要怎麼生活？一隻失去了兩隻前爪的貓今後將怎麼生活？但趙麗突然又尖叫了起來。她明白了李小奇的用意，李小奇已經把那把斧頭取了過來，他要趙麗把那隻貓按住，他要把這隻可憐的貓的兩隻後爪子也剁下來。

「你不能這麼做。」趙麗的聲音都變了。

「我自己來也可以。」李小奇說。他看看沙發那邊，他要取個沙發墊子，把貓頭壓住。

「李小奇！」趙麗又尖叫了一聲。

李小奇一言不發把墊子取了過來。這時候趙麗已經跑到門口開始換鞋，她聽見李小奇說：「我跟妳說我跟妳也沒有完！」

李小奇看著趙麗，把墊子就那麼拎著，用另一隻手去探放在桌上的酒瓶。

趙麗從李小奇的屋子衝了出去，她聽見李小奇在屋子裡大聲說：「我跟你們誰也沒有個完！」趙麗慌慌忙忙下樓的時候頭向前傾著，這樣不至於讓自己一頭栽下去。但她沒有聽到貓的再次慘叫，她停了一下，也許李小奇已經放過了那隻貓。但就是李小奇放過了牠，牠往後的日子怎麼過，她思考自己應不應該把那隻貓要過來。這麼想著，她覺得自己那地方又在隱隱作痛，她好像感覺到李小奇的那兩根手指，食指和大拇指，已經永遠停留在了自己那裡。上了車，車裡真是熱得要命。趙麗用手按了按自己那地方，那地方太隱祕了，疼痛的感覺原來還那麼厲害。但這是不能對任何人說的疼痛。

趙麗把兩邊的玻璃搖下來，車往外開的時候趙麗要自己死了那份心，有比工作更重要的事情，工作在這時不算那麼重要了。她覺得自己是不是應該先去買一瓶風油精。趙麗開著車子出了李小奇住的院子，這年春天，趙麗還很想在這附近租間房子，租間有電視、洗衣機和冰箱的房子。那時候李小奇說他要戒酒，但李小奇戒不戒酒又和自己有什麼關係。

車上了路，趙麗讓自己在心裡好好想想風油精的事。那種「紅花牌」的。

趙麗把那隻手從自己那地方慢慢抽出來。有人在街邊跳街舞，音樂很刺耳。趙麗覺得自己的臉上涼涼的，她用手在自己臉上抹了一把，低頭的時候，她發現自己的衣服上已經溼了一片。

澡堂就不是游泳的地方

其實這件事就該怨老趙，但現在無論是誰，都無法再埋怨老趙了，人們往那輛白色救護車上抬老趙的時候，老趙已經不行了，人們都知道那輛救護車完全是為了例行公事。出了那樣的事，是無法不讓人們知道的。從那以後，小萊就總是問胡兵他們那天在澡堂裡面到底發生了什麼？三個多月過去了，這一直是胡兵和小萊之間爭吵的話題，雖然他們的爭吵沒那麼厲害，雖然胡兵對小萊解釋過不知道有多少遍，這連他自己都煩了，怎麼說呢，他們當時的的確確是在洗澡，大家先是在一個熱水池子裡泡了一會兒，然後就到了旁邊的溫水池。當時老趙拍拍身體說他想在池子裡游一下，一邊說一邊就馬上張大著嘴游起了仰式，從這邊游到那邊，也只不過是揮幾下手臂，人們接著就看見他往水底下沉，一開始還以為他是在玩什麼新鮮花樣，過了一會兒，大家才知道是出事了。

「就這麼回事！」胡兵對小萊說，「我們根本就沒做別的什麼事！」

那天洗澡馬東也在，胡兵說馬東可以為自己作證，馬東既是小萊的同學，又是胡兵和小萊的婚姻介紹人。其實小萊從一開始就相信胡兵的話，但他們之間的問題並不出在這裡。小萊對胡兵說也許是自己腦子裡有什麼事了，總是在想入非非，但她又不能不讓自己想，小萊說這不是她的錯，說來說去澡堂根本就不是可以讓人們游泳的地方，全世界可能沒多少人會相信澡堂可以游泳，誰會在澡堂游泳？

那一陣子，胡兵和小萊很想要孩子，為此胡兵還戒了酒，即使和朋友出去，也只喝一點點，然後就坐在一邊看別人喝。出事後的那天下午，胡兵抱了好大一紙袋子綠皮荔枝興沖沖從外面回來，倒好像他真的做了什麼不好的事。他和小萊上了南邊的陽臺，從陽臺上可以看到對面頂樓落了一隻布穀，孤孤零零的就那麼一隻，在那裡叫叫停停，布穀不叫的時候簡直就像是隻鴿子，只有在牠啼叫的時候人們才會明白牠原來是隻布穀。

胡兵替小萊剝了荔枝，剝好的荔枝一顆一顆很像水晶球，胡兵把它們都放在一個白瓷盤子裡，但很快他發現小萊只吃她自己剝的。到後來，胡兵只好自己把自己剝好的荔枝全部吃掉，他邊吃邊把荔枝核吐到陽臺下面去，「啪、啪」的聲音從下面傳上來，下面是樓下那戶人家的遮陽篷。到了這天晚上，問題就更加嚴重了，從結婚以來胡兵和小萊幾乎是夜夜都要來那麼一下，但胡兵那天晚上沒辦法進入，小萊不但不配合，而且還把自己夾得緊緊的，到後來他只好從小萊身上下來。

「我跟妳說我什麼也沒做。」胡兵憤憤地說。

胡兵去廁所待了一會兒，上床的時候又對小萊說，「我什麼也沒做！」

從結婚以來胡兵和小萊一直都是相擁而睡，但從那天開始小萊不再跟他抱在一起睡，而且很怕胡兵進入，包括胡兵的手。那天，小萊突然問胡兵：「澡堂裡怎麼就會把一個人淹死？」胡兵的兩隻眼馬上離開了電視，看著小萊，說：「這件事不是已經很清楚了，怎麼還要問？是老趙自己的心臟病要了他自己的命！」小萊看著胡兵，說：「洗澡不會給一個人的心臟增加太多負擔吧？」胡兵說：「問題是老趙要在水裡瞎撲騰，其實那種瞎撲騰很費力。」小萊看著另一邊，那邊有什麼東西亮晶晶的，是那把咖啡壺，胡兵那幾天特別勤快，把家裡的東西都擦拭得很亮，幾乎把所有的東西都擦拭了一遍。

胡兵又把手朝小萊伸了過去，小萊把身體往旁邊扭了一下。

「告訴妳我們什麼都沒做！」胡兵跳起來大聲說，又說，「要是做，自己也會戴個套。」胡兵馬上就覺得自己這話說錯了。

胡兵明白自己的生活進入了一個說不清的階段，他察覺小萊厭惡自己的身體，晚上睡覺的時候，只要翻身靠近小萊一點，小萊就會馬上把身體閃開。

胡兵不止一次對小萊大聲說：「跟妳說我沒做就是沒做！」

小萊說自己也不想這樣，但一想那件事自己就不行了，澡堂根本就不是游泳的地方！

胡兵有晚上吸菸的習慣，他問小萊：「是什麼樣的不行？」

「不行就是不行。」小萊說。

胡兵把一條腿蹺了起來：「試一下？」小萊都已經把身體慢慢打開了，但馬上又蜷作一團，說自己真的不行，一想到澡堂根本就不是游泳的地方就不行了。

「妳怎麼總往那邊想？」胡兵說，「妳這是不是潔癖！」

小萊說這不是潔癖不潔癖的事！自己也很想讓自己相信他什麼也沒做。

胡兵無話可說，他把手裡的菸拿遠了，菸在暗處一閃一閃，他想自己是不是應該強行來那麼一次，說什麼也不能再這麼下去了，都三個多月了，也許強行來

澡堂就不是游泳的地方

那麼一次一切就都過去了，他實在是太想進入，從他還沒結婚的時候他就那麼進入慣了，那已經是他生活的一部分，就像是吃飯。但他現在只能是想想，抽完了那根菸，他又躺下，他的右手臂讓床微微有點顫。

胡兵知道小萊還沒睡，就對小萊說：「最討厭的就是人們都以為一到了澡堂就要做那種事！」胡兵停停又說：「最討厭的就是人們都喜歡對這種事加油添醋！」

「澡堂總不是游泳的地方吧！」小萊說。

胡兵希望這件事很快有個結束，但他好像看不到結束的跡象。

但事情終於好像有轉機了，馬東這天幫胡兵出了個主意，馬東說：「這種事暫時換一下環境最好，這種事只要兩口子做一下就順過來了，不少人都碰到過這種事。」

馬東說話的時候胡兵的兩眼正看著另一邊，那邊有一個很漂亮的小姐正在做頭髮，幫她做頭髮的是個很瘦的小夥子，他正用平板夾一樣的東西一下一下往直了拉那位小姐的頭髮，嘴裡還咬了兩個綠色塑膠髮夾，小姐的頭髮很長，被染成了淺棕色。胡兵和馬東都知道這是個小姐，他們一眼就看出她是個小姐。因為胡兵和馬東剛剛洗完澡，他們這時正坐在大廳的玻璃茶几旁邊喝茶。這時候忽然從外面進來了五六個高中生模樣的年輕人，長得是一個比一個帥。這幾天天氣忽然一下子就熱了起來，這五六個高中生都穿著漂亮的T恤，他們去換鞋的時候，又有兩個小姐從裡面走了出來，是快到吃午飯的時候了，她們大概是要去吃午飯，那五六個學生馬上都盯著這兩個小姐看，有一個學生還跟著往外走，出了門，看了一下，又回來，手很快抓了一下褲子那地方。那幾個學生馬上都嘻嘻哈哈起來。

胡兵和馬東不知道他們在嘻嘻哈哈什麼。

「帳篷！」胡兵和馬東都聽見那幾個學生說。

馬東對胡兵說：「別看他們的歲數，也許連一個處男都不會有。」

胡兵說：「我結婚前也已經不是了。」

馬東看了一下胡兵：「那不太一樣，你那時已經工作了。」

胡兵說自己現在和處男差不了多少。

「所以明天你一定去。」馬東說自己馬上就可以聯繫好，那邊的朋友說了好幾次了想讓自己去，「我們可以先去看一下教堂，那座小教堂據說在地圖上都查得到，除此之外，一路還能看看桃花，桃花這種花總是開在杏花的後面，或者就是李花，明天就在那地方住一晚上，後天再回來。」

馬東對胡兵說到時候就看你的了，「女人只要環境不同，心情馬上就會好起來。」

茶水有股怪味，他們又喝了一會兒。一直到那個小姐做完了頭髮。

馬東理髮的時候胡兵就坐在那裡翻一本印得很漂亮的髮型雜誌，上面的女人都不像是真的，因為她們都實在是太漂亮了。

胡兵翻雜誌的時候，聽馬東問了那個理髮的小夥子一句：

「是不是剛才那小姐用過的梳子？」

理髮的小夥子停了一下，沒說什麼。

「馬上給我換一把！」馬東大聲說。

這天早上，胡兵和小萊都起得很早，也許是太早了，他們都不太想吃早飯，最近他們連一點食慾都沒有。小萊在廚房裡「嘩嘩嘩嘩」洗什麼，胡兵過去看了一下，是一大堆小萊準備帶出去給大家吃的番茄，胡兵用手捏了其中的一個，說番茄對男人的前列腺好。小萊沒跟上說什麼前列腺。洗完番茄，她對著一進門的那面鏡子試衣服，一進門那兩張椅子上馬上堆了一大堆衣服。

小萊發現要穿的絲襪上破了一個很小的洞，胡兵正好點了一根菸在那裡抽。胡兵說小心點，別反而燙一個大洞。胡兵覺得自己是不是應該上陽臺看看那隻布穀還在不在，那隻布穀幾乎叫了一夜。

「那隻布穀在求偶。」胡兵對小萊說。

「什麼？」小萊用三根手指撐著襪子，另一隻手拿著胡兵的菸蒂。

「布穀鳥根本就和種田沒關係，牠那麼叫是因為牠在發情。」胡兵又說。

小萊把襪子弄好了，她總是那麼弄，用菸蒂。

「不過牠也許是白發情，如果這一帶沒有第二隻布穀。」胡兵又說。

小萊挑好了衣服，她把一大堆衣服又抱了回去。有什麼掉了下來，「啪」的一聲，聽聲音像是釦子，滾了一下。

八點的時候，車來了，是兩輛小車，胡兵和小萊比較喜歡那輛紅的，馬東和胡兵悄悄開了一個玩笑，說你和小萊坐在後面做什麼都行，我假裝看不見。胡兵沒說什麼，因為小萊這時候已經走了過來。胡兵沒在車上做過，他打量後面的車座。

小萊說：「你看什麼？滿乾淨的。」

胡兵說：「沒看什麼，是很乾淨。」

「有些車就髒得不行。」小萊說。

胡兵說：「對，髒得都讓人無法坐。」

因為修路，胡兵他們先開著車子繞了一下，先朝南上了四環然後再朝北，那座小鎮在城市的北邊。兩輛車開來開去到了那座小鎮時已經過了中午了，中間他們還停下車吃了番茄，番茄好像一下子變得很好吃，人人都搶著吃。這八個人裡面包括胡兵和小萊，還有馬東和他的老婆，還有小喬、老高和李建，李建帶了一個姑娘。人們都知道李建已經結了婚，李建和那個姑娘一說話，大家馬上就明白是怎麼回事了，但這種事現在不算什麼。

「他們是同事。」胡兵對小萊說。

小萊說：「什麼意思？」

「沒什麼意思。」胡兵說。

小萊看著胡兵。

兩輛車開到目的地已經過了吃午飯的時候，中午這頓飯真的很豐盛，菜上了很多，吃都吃不完，酒有兩種，低濃度白酒和葡萄酒。小萊發現胡兵也喝了一些白的。胡兵已經很長時間不喝酒了，胡兵喝酒的時候看了小萊一眼，小萊沒說話。

吃飯中間，人們還站起來出去看了一回餐廳後院的火雞，因為牠們的叫聲實在是太與眾不同了，讓人耳朵發麻。人們都沒見過火雞，火雞根本就不是這地方的雞，所以他們都出去看了一下。胡兵和小萊都想不到火雞會有那麼大，雞冠的顏色居然會變，一會兒發紫，一會兒發藍，一會兒拉長，一會縮短，滑稽得很。那隻總是讓翅膀發出「沙沙沙沙、沙沙沙沙」聲響的雄性火雞一直火氣十足，不停地追逐另一隻母火雞，當牠終於跳到另一隻母火雞的身上時，胡兵忍不住握了一下小萊的手，那隻雄火雞在母火雞身上用力的時候，翅膀再次「沙沙沙沙、沙沙沙沙」，胡兵又用力握了一下小萊的手。

「火雞挺有意思。」吃完飯上車，胡兵對馬東說。

「吐綬雞。」馬東說。

胡兵說火雞居然把翅膀弄得那麼響。

「翅膀？」馬東說。

「不那麼『沙沙沙沙、沙沙沙沙』動翅膀牠根本就使不上力。」胡兵說。

馬東聽懂了，笑了一下。

「沙沙沙沙！」胡兵說。

「那是牠們的語言！」馬東說。

「要是人也這樣就好了。」胡兵說到時候每個男人背後都長兩隻翅膀。

「到什麼時候？」馬東笑著說。

「還能到什麼時候，反正不是飛翔的時候！」胡兵說。

胡兵這麼一說小萊也笑了，她好長時間都沒笑過了，她在一部電影裡看過這種畫面，好像是一部美國電影，那裡面的男主人公就長了一對翅膀，並且能把翅膀收得緊緊的，外面還要穿衣服，但那部電影不怎麼好看，只不過是好玩而已。

這時候胡兵想起了鬍子，早上他忘了這件事，他知道馬東車上有。

胡兵一邊用手摸一邊刮，馬東點了一根菸，他從後照鏡裡看胡兵，胡兵一邊的腮幫子鼓著，臉像是有些變形。馬東忽然對小萊說起聚會的事，說下個月也許同學們要來一個聚會，說話的時候，他們都已經從車裡看到了那座教堂，教堂在很高的地方，遠遠就能讓人看到。胡兵把車窗玻璃搖了下來，車窗玻璃一搖下來，草的味道就全進來了。

上坡的時候，胡兵一直拉著小萊。那小教堂是磚砌的，現在只剩下一座高高的鐘樓，上面有許多鴿子拉的屎，太多了，白花花的都有些刺眼。

胡兵問小萊，要不要去那邊方便一下，胡兵把手裡的那罐啤酒打開了。

「砰——！」

到了農場的時候，天都快黑了。讓胡兵和小萊想不到的是那座農場居然在山裡。他們的車在山上迷了一會兒路，只迷了一會兒，然後就有人開著車過來為他們帶路，這樣一來，是三輛車在山間的路上飛馳。坐在車裡的胡兵和小萊很快就又看到了水，是山間的一條白亮亮的小溪，很窄的那麼一道，然後又看到了攔在下面兩山之間的那個壩，嚴格來說，那只能算是一堵很高的水泥牆。這時候，小萊又看到了牛，四五頭乳牛，那種黑白花的乳牛，正在那裡不知道吃什麼。馬上，房子也出現了，小溪這邊兩排，小溪對面又有兩排，都是紅磚砌的，所以顯得很鮮亮。這時候，天已經暗了下去。接下來的那頓飯吃得並不怎麼好，因為農場這邊根本就沒做什麼準備，他們也許根本想不到會有人說來就來，誰肯來這種地方？來這種地方做什麼？也沒什麼好吃的東西，也沒什麼好看的東西，而且到處都充滿了牛糞的騷臭，遍地是牛屎，一般人說要來這地方也都是裝裝樣子，根本就不會來。而一旦真有人來了，農場這邊就會慌了手腳，不知道該給客人吃什麼。

胡兵和小萊看到了那條狗，那條沒見過這麼多的人的狗此刻正被嚇得渾身發抖。

「你看牠抖得有多麼厲害。」胡兵對小萊說。

「你說牠敢不敢咬人？」小萊說。

胡兵一靠近那條狗，那條狗就齜出牙來，狗鼻子皺成一團。

這時候小萊身後的那個很高大的女人正在彎腰熱一鍋很稠的牛奶，熱牛奶的鍋放在一個四四方方的灶上，小萊小聲對胡兵說：「我可不喝這種奶。」胡兵也回頭看了一下那鍋冒著熱氣的牛奶，覺得自己也不可能喝。胡兵覺得那鍋牛奶真不怎麼樣，奶上面厚厚的一層不知道是什麼，顏色有些不對勁。

胡兵和小萊看那鍋牛奶的時候，馬東從那間屋裡出來朝胡兵和小萊招手，要他們倆進去吃西瓜。「西瓜已經切好了。」

進那間屋的時候，胡兵被地上那一盆血糊糊的東西給嚇了一跳，而且那一盆東西也太難聞了，又腥又臭。小萊也聞到了，但她沒看到，胡兵有意用身體擋住她的視線。胡兵馬上就斷定了那是一盆牛的內臟，他又看了一眼，盆裡是一大堆肺子，還有氣管，氣管的顏色要淡一些，相信盆子裡還有牛肝和牛心。

馬東的朋友叫李新，是個漂亮小夥子，戴著眼鏡，襯衫很白，是他開著車把馬東他們接到農場的。後來胡兵和小萊才知道李新在區裡工作，他是特意從區裡跑回來接待馬東他們。他告訴小萊那鍋牛奶的事，說那鍋牛奶是用來餵小牛的，這個農場的主要任務就是讓乳牛生小牛，不停地生，不停地賣，因為離市區太遠，這裡的牛奶從來都不往外面賣。這時候有人抱了許多枯樹枝堆在了院子裡，並且馬上就點著了，火一下衝起很高。

胡兵不知道點火做什麼，小萊也不知道。人們都跑過去看火。

點火的那個人這時又端了一大盆子馬鈴薯過來，那是滿滿一大盆子馬鈴薯，胡兵忽然明白可能是要吃烤馬鈴薯，便對小萊說了一句：「烤馬鈴薯很好吃。」後來和胡兵一起來的那些人就圍著火看烤馬鈴薯，直到小萊驚叫起來。

其實小萊驚叫的時候，馬東他們都已經看到了房子正前方坡下面的牛骨骸，整隻牛的骨骸真的有點駭人，還有牛頭骨，牛角還在上面，都堆在坡下面，而且不止一隻，牛的骨骸上面還殘留著一些乾了的皮肉。胡兵跟著小萊過去，馬上也都看到了，胡兵奇怪農場這邊的人怎麼不吃牛肉，怎麼會把整隻整隻的死牛扔在這裡讓牠慢慢爛掉？這可能是冬天的事，要是在夏天，可能誰也受不了牛肉腐爛的臭氣。小萊再次驚叫的時候，胡兵把小萊摟了起來。胡兵和小萊互相看了一下，胡兵說他也從來都沒見過整隻死牛就扔在那裡讓牠慢慢腐爛。

「這時候回去不行了吧？」小萊小聲說。

胡兵說可能不行了，都是山路，天眼看就要黑了。

「住一晚再回去，說好了的。」馬東在一邊說。

小萊看著胡兵，想讓他說句話。

「別，要不就白來了。」胡兵小聲說。

在天快要黑下來的時候，胡兵跟著馬東去看了另一頭死牛。那頭死牛放在坡的另一邊，像是剛剛死了沒多久，牛皮已經被剝掉了，牛肚子裡的內臟也已經被掏空了，但牛身上的肉卻一點都沒動，這頭被剝了皮的死牛就四腳朝天硬邦邦地躺在那裡，看起來真的很硬。讓胡兵吃驚的是那條狗，太讓人想像不到了，那條狗居然被拴在死牛的身上，一根鏈子決定了牠和牛之間的關係，牠被拴在牛的脖子上，牠想走也走不開，看樣子牠很無奈，一動也不動地趴在那裡，就趴在死牛跟前。看樣子狗的主人是想讓這條狗把這頭牛給吃了，到時候無論如何牠都得吃，死牛就是牠的一日三餐。胡兵忽然覺得那條狗真是可憐，被拴在比牠大十幾倍的死牛身上，被剝掉皮的死牛真是嚇人。

「別對小萊說。」胡兵對馬東說。

馬東說：「你最好帶小萊來看看，她一害怕就會鑽到你懷裡，到時候你推她都推不開。」

胡兵說自己快要窒息了，想吐都吐不出來了，「雖然還沒有吃什麼東西。」

開始吃飯的時候，那一盆牛雜碎被端上來的時候，胡兵終於忍不住吐了起來，同桌的人都目瞪口呆地看著胡兵。李新說不吃東西空腹喝酒就是容易吐，吃點牛雜碎就好了，「這牛雜碎真香。」

李新這麼一說，胡兵就吐得更厲害。

「胡兵。」小萊說。

「我沒事。」胡兵說。

最後牛奶被端上來的時候，胡兵又吐了一回，把剛剛吃下去的那點東西全都吐了出來。

「胡兵。」小萊一邊替胡兵捶背，一邊又叫了一聲胡兵，聲音有點不一樣的感覺。

「我得馬上回去。」胡兵說。

小萊看著胡兵，她覺得胡兵是把自己想說的話說了出來。

胡兵說：「可能有什麼地方不對勁了，也許該去一下醫院。」

胡兵這麼一說，不想回去的人也不好再反對，再說，他們也都不太想在這種地方待下去。

「我得馬上回去。」胡兵又說，說自己實在是太難過了。

「太難過了！」胡兵說。

胡兵和小萊回到家的時候已經很晚了。小萊先去廚房想幫胡兵做點吃的，小萊對胡兵說吃點東西壓壓可能會好一點。胡兵說還有沒有番茄？有番茄就行。小萊看著胡兵，說你從來都沒這樣吐過，「我從來都沒看你吐過。」

胡兵說反正現在也不在那個鬼地方了，告訴妳也無妨。

小萊坐下來，把盤子端給胡兵，要他一邊吃番茄一邊說。

「那麼大的一頭牛。」胡兵說。

小萊說乳牛都那麼大。

「那是頭死牛。」胡兵說想不到農場的人不吃牛肉，他們只要牛皮。

小萊說：「你是不是說那些死牛的骨骸。」

胡兵說他說的是另一頭剛剛死的牛，被放在坡的另一邊，像是剛剛被剝了皮，紅彤彤的。

「我怎麼沒看到。」小萊說。

「因為在坡的另一邊，」胡兵說，「妳要是看了，也許會吐得比我還要厲害。」

胡兵說：「馬東也看到了，可憐的不是那條被剝了皮的牛，最讓人可憐的是那條狗。」小萊說：「是不是我們看到的那條？」胡兵說：「不是那條，是另外一條，那地方的狗我想不止一兩條。」

胡兵說：「妳絕對想不到那條狗被拴在什麼地方。」

小萊想知道胡兵說的那條狗被拴在什麼地方。

胡兵說那條剛剛被剝了皮的牛就四腳朝天躺在坡那邊，那條狗就被拴在死牛的身上！問題不在於牠什麼時候想吃就可以吃一口，問題在於牠不想吃也得待在

澡堂就不是游泳的地方

那裡，和那條又腥又臭的死牛待在一起，一直到那頭牛腐爛，也許那頭牛腐爛了牠都離不開，牠都要被拴在那裡。胡兵比劃了一下：「牛那麼大，狗這麼大，讓一條活狗和一頭死牛待在一起，讓一條活狗吃一頭死牛！」

「狗被拴在剝了皮的死牛身上？」小萊有些不相信。

「用一根鏈子，就拴在死牛脖子這地方。」胡兵說。

「牠跑不開？」小萊說。

「牠下輩子也跑不開。」胡兵說。

小萊站了起來，她覺得真是有點噁心。

「你聞見沒？」胡兵忽然說。

「什麼？」小萊看著胡兵。

「臭味。」胡兵說。

胡兵這麼一說，小萊也像是聞到了一股難聞的味道，好像是那種他們已經熟悉了的臭味，是農場的臭味。接下來，胡兵和小萊在屋子裡用鼻子尋找臭味是從什麼地方散發出來的，但他們找不到，接下來的事情是他們開始洗澡。胡兵說臭味可能就在我們身上，胡兵這麼一說，胡兵和小萊就互相聞了聞，但他們還是弄不清臭味究竟是從什麼地方來的。

「我們得好好洗一洗。」胡兵說。

胡兵和小萊的浴室裡只有一個蓮蓬頭，他們的熱水器已經用了近十年，胡兵總是擔心它會漏電，所以洗澡的時候總是先要把電斷掉。他們很少在一起洗澡，主要是沒機會，說得準確一點是沒時間。站在蓮蓬頭下面，胡兵說妳聞聞我的頭髮是不是很臭？小萊說要是頭髮會染上臭味，那我要比你臭十倍。兩隻手洗頭髮的時候，胡兵發現自己下面有動靜了，他把身體側了一下，這麼一來他就站在了小萊的身後。

小萊馬上感覺到了，她有點緊張。

「你要是再吐了怎麼辦？」小萊說。

胡兵說不會，這時他已經把頭上的泡沫都沖乾淨了，他覺得小萊這一次也許可以了。胡兵要小萊把身體向前彎下去，胡兵能看見水花在小萊的背上變成一道道水流。胡兵用一隻手幫自己尋找，覺得自己已經找到了，他想好好享受一下這次進入，而就在這時小萊忽然掙扎了一下，一下子把身體蹲了下去。

「妳到底在想什麼！」胡兵說，一下子就暴怒起來。

澡堂就不是游泳的地方

「你們到底在澡堂做什麼？」小萊緊緊抱著自己。

「妳比那頭牛還要臭！」胡兵說。

胡兵從浴室一下子跳出去，胡兵光著身體去廚房替自己倒了杯茶，他讓燈開著，他根本就不會再想有沒有人在對面看，然後又光著身體坐在客廳的沙發上。時間已經很晚了，胡兵要自己別開電視，胡兵要自己就那麼坐著，那杯茶水涼了之後他又替自己重新倒了一杯，這時候他的耳朵開始傾聽屋裡小萊的動靜。

小萊那邊終於有動靜了，她輕輕地走了過來、站在胡兵後面了，試探著把一隻手放在了胡兵的肩上。

「我跟妳說我們什麼也沒做！」胡兵說。

這一次，小萊沒再說「澡堂不是游泳的地方」。

「真的沒做。」胡兵又說。

胡兵和小萊在床上躺了下來，這時候已經很晚了。胡兵抓緊了小萊的手腕，他想這一次進入之後就不會再有什麼問題了，他想這一次自己應該做得特別好，但他想不到這一次自己居然還是沒能進入，他找到地方了，那地方很潤滑，很好。但小萊忽然又猛地把身體蜷了起來。

小萊大哭著說：

「澡堂就不是游泳的地方——」

金屬哨

澡堂是可以讓人們放鬆一下的地方，但蒙大立覺得吉東今天是不可能放鬆下來了，因為吉東從一進澡堂開始就又不停地說吉西，蒙大立心想不然待會兒可以讓吉東去找個按摩的，讓他好好放鬆一下。蒙大立朝那邊看了看，蒙大立知道這地方總是有新鮮貨色。蒙大立對吉東說：「待會兒不行你就好好放鬆放鬆，別再想吉西的事好不好？」池子裡的水可真夠熱的，蒙大立和吉東好一會兒才把身體慢慢慢慢泡到水裡，汗馬上就出來了，吉東把洗澡的毛巾疊了疊放在腦袋後面，這樣一來可以把兩條腿伸展，可以躺得更舒服點，蒙大立也這樣躺好了。

吉東忽然又坐起來，又開始說吉西的事。

「你別煩，我必須說。」吉東說。

「你說吧，我聽著，我又沒睡。」蒙大立說。

「我快被吉西折騰死了！」吉東說。

「別生氣。」蒙大立說。

吉東問蒙大立有沒有見過那種體育老師常用的金屬哨子，一吹很響，很遠的地方都不可能聽不到的那種哨子。

「比這個還響。」吉東吹了一個口哨。

蒙大立看看旁邊，那幾個年輕人，都汗津津的，每一塊肌肉都很亮。吉東又吹了一個，下嘴唇收回去，上嘴唇突出去，上嘴唇差一點就把下嘴唇包住了，只有這樣，才能吹出很響的口哨。

「真是太嘹亮了。」吉東說。

蒙大立說澡堂是有共鳴的，可以把聲音放大。

「噝——」吉東又來了一下。

蒙大立又看看那邊，那幾個小夥子也在看這邊，有一個小夥子對著蒙大立笑了一下，牙齒真白。

「你不知道我現在有多麼提心吊膽。」吉東說。

蒙大立看著吉東，不明白吉東是什麼意思。

「這麼下去我也許會被吉西折騰死。」吉東說。

「慢慢就會好了。」蒙大立說。

「他讓我一天到晚提心吊膽，你不知道吉西這個雞爪子這幾天總是把走廊門開著，」吉東說，「如果有壞人一下子闖進去怎麼辦？」

蒙大立睜開了眼睛，明白這種事情的嚴重性。

「你猜吉西怎麼說，吉西說只是為了換換空氣，這個雞爪子！」

「他居然敢把門開著。」蒙大立說。

「是啊，這個蠢豬雞爪子，」吉東說，「要是真來一個壞人怎麼辦？」

蒙大立忽然笑了起來，撥弄了一下水，又撥弄了一下。

吉東說：「你笑什麼？不可笑吧！問題是那邊只有他一個人。」

蒙大立說：「誰說不可笑？要是來個壞人，一下子闖進去，到時候被嚇壞的不是吉西，也許是那個壞人！」蒙大立這麼一說吉東也跟著笑了起來，吉西那隻總是放在胸前的手實在太像雞爪子也太難看了。

「問題是吉西也沒什麼值錢東西，」蒙大立說，「所以你別擔心。」

「那怎麼能不擔心，他一個人，要是我母親還在就另當別論，他要是出了事，別人會怎麼說，說他們的母親剛剛去世，吉西就完了。」吉東看著蒙大立，蒙大立的鼻子上都是汗，「問題是那間房子裡就吉西一個人，我又不能和他住在一起，我還有老婆和孩子，他一個人在那邊要是真出什麼事也沒人知道，他又堅決不打電話，尤其是晚上，他一個人。」吉東說那部電話其實沒摔壞，又接上了。但雞爪子吉西就是不打，問題是，再這麼讓人擔心下去，好好的人也會被吉西折騰死。

「問題是我很擔心他晚上出事，比如進個人什麼的。」吉東看著蒙大立。

蒙大立看著吉東，想不出該怎麼說。

「嗞——」的一聲，吉東又來了一下。

蒙大立說：「你這是第幾次了？」

「你有沒有見過那種哨子，金屬的？」吉東說，「體育老師都用的那種哨子。」緊接著，吉東開始說吉西的事：「所以，我買了一個哨子給他。」

蒙大立來了精神，他坐了起來，想知道買哨子給吉西是怎麼回事。

「你買了一個哨子給吉西？」蒙大立說。

「就那種金屬哨子。」吉東說。

「買哨子做什麼？」蒙大立說。

「如果有什麼事，吉西一吹我就知道了，既然他不肯打電話。」吉東說。

「這是個好主意。」蒙大立說。

「現在看來可不是什麼好主意！糟透了！真是糟透了！」吉東說。

這時候送茶的服務員來了，他手裡端著兩杯茶，但吉東說他想喝啤酒，這個澡堂居然可以讓人們在洗澡的時候喝啤酒，那個服務員轉身去取啤酒了，很快就把啤酒拿了過來。

「糟透了！」吉東說，「都是因為這個雞爪子吉西，我耳朵裡現在都是哨子的聲音。」

「你沒睡好。」蒙大立說。

吉東把眼睛閉住：「這不，又響開了。」

「是幻聽吧？」蒙大立說。

「一閉上眼睛就來了。」吉東說。

「你還是沒睡好。」蒙大立說。

「你要不要聽我說？」吉東接過了啤酒，喝了一大口，舉了一下，對蒙大立說。

「問題是這次要不要錄音？」蒙大立笑著說。

「你小心我把你那幾張照片貼出去。」吉東說。

「說吧說吧，我聽著。」蒙大立笑了，想起那幾張照片了。

「糟透了！」吉東說，「我這輩子怎麼會遇到這麼個雞爪子吉西！而且還是我的親兄弟，不熟悉的人都以為他早死了。他七八歲的時候，我們的父親，要他練習走路，也就是從這個床走到那個床，這麼說，你會明白吧？我和吉西住的那間房間不算大，東西牆下各放了一張單人床，床與床之間也就是不到三公尺的距離。那時候，他睡一張床，我睡一張床，吉西練習了很長時間，從這張床走到那張床，其實不是走，而是從這張床撲騰到那張床，然後再從那張床撲騰著回到這張床，那真是一件讓人心煩的事，『卟嗵、卟嗵、卟嗵——卟嗵、卟嗵、卟嗵——』煩死人啦，但最後吉西還是放棄了。我們都明白吉西這輩子永遠不會行走了，這不是練不練的事，是他根本就不可能會站起來走路，永遠不可能。我們兄弟兩個，我後來結了婚，家裡就只剩下他和母親。我們的母親，你也知道，前不久也離開了，那空蕩蕩的家裡就剩下了吉西一個人。母親臨終的時候曾經對我說：『別扔下吉西不管。』母親還說：『你們兄弟兩個都是我的兒子，我知道你應該怎麼對待吉西，讓他活下去！』說這話時，母親正躺在床上幫吉西的一雙鞋子縫帶子，因為吉西無論穿什麼鞋子總是會掉，所以剛剛買來的鞋子也要縫兩根帶子。告訴你，多少年了，我母親每天要做的第一件事就是要幫吉西把鞋子穿好，然後再把那兩根帶子打好結。直到現在，吉西還不會給鞋上的那兩根帶子打結，因為他根本就不學！現在他每天起來，穿好衣服就坐在那裡，等著我過去幫他綁鞋帶，我要不是幫他綁鞋帶，他就會整整一天都坐在那裡不動，這個造糞機器！」

「你讓他學啊！綁鞋帶很簡單吧。」蒙大立說。

「臭吉西！」吉東說，「臭吉西說他什麼都會了我就不會管他了。」

「所以他就不學？」蒙大立忍不住笑了一下。

「媽的，我真希望發生點什麼。」吉東說。

「喝吧。」蒙大立說，舉了一下。

「問題是，許多健健康康的好人都去了另一個世界。」吉東說。

「起得早，不見得身體好。」蒙大立說。

「許多有用的人也都去了另一個世界。」吉東又說。

蒙大立看著吉東，知道吉東是有點酒意了，吉東其實沒多少酒量。吉東家的事蒙大立不可能不知道，因為他們是很親密的朋友。蒙大立知道吉西現在住的那間房子緊靠著城牆，所以上午十點以後才能見到太陽。那是吉東為吉西和母親買的，那時候吉東還有辦法，還出得起這筆錢。那間房子在一樓，有兩間臥室，因為是一樓，所以就不用爬樓梯。吉西總是坐在陽臺上就可以看到外面開的花，外面，他所能看到的，也只有那種不用去種就會到處生長的蜀葵，這種花會長得很高很高，花的顏色可真夠多，白的、粉的、紫的、紅的，花心發紫花瓣發白的那種最好看。吉西總是坐在那裡看這種花，也只是看看花的上部，因為這種花很能長，能長到一人高，所以他就能看到花了。除此之外，他看不到別的什麼，其實他也不願看到別的什麼，他就是願意也看不到，他會在心裡數那些花，一朵，又開了一朵，又謝了一朵，又開了一朵，又謝了一朵。有時候還會看到麻雀，飛來飛去的麻雀，有時候就落在蜀葵上，一下一下啄那些花，他會在陽臺裡面發出「噓——噓——」的聲音，他想把那些啄花的麻雀喊走，他的喊聲會從「噓——噓——」變成大聲地「去——！去——！」他還會動動那隻總是放在胸前的手，那隻手不動的時候真他媽像雞爪子。但那些麻雀才不會理會他，麻雀根本就不會知道吉西的存在。吉西每天要做的事情就是坐在那裡等吉東送飯過來，母親去世後的變化就是每天由吉東把飯送過來，吉東就住在前面的那棟樓。蒙大立還知道吉東最近剛剛找到了一份送快遞的工作，所以吉東最近很忙。但吉西才不管吉東忙不忙呢，而且，吉西動不動就會生氣，這最讓吉東受不了。吉東認為動不動就生氣的應該是自己而不是吉西，吉西根本就沒有權利生氣，像他那樣的人有權利生氣嗎？但吉西確實總是在生氣。那天吉西又不對勁了，原因是吉東帶了一個人過來，吉東打算要幫吉西裝一部電話。

吉東對吉西說：「這樣會方便一點，有什麼事打個電話我就會過來。」

那天吉西的嫂嫂也跟了過來。

「我不要！」

想不到吉西一下子就生氣了。

連那個安裝電話的人都有些吃驚，不清楚坐在那裡的這個怪物為什麼發火。

「裝個電話，有事打電話方便。」吉東又對吉西說。

「就這個號碼，很好學。」嫂嫂也對吉西說。

吉西不再說話，那隻手一動也不動地放在胸前，真他媽像雞爪子。

「有了電話就太方便了。」吉東說。

吉西不說話，那隻手仍放在胸前，雞爪子。

「不管什麼時候，只要你一打電話我就會過來了。」吉東讓自己別生氣。

吉西還是不說話，吉東轉過身，讓自己別生氣。

「他媽的！」吉東揚了一下手，「砰」的一聲。

蒙大立還知道，隔天那個工人來了，在吉西那裡裝了電話，電話就放在床頭那個小茶几上，吉西躺在床上伸手就能搆著。蒙大立還知道，吉東的母親去世後，吉東天天都要過來吉西這邊兩三趟，早上過來是把窗戶打開，中午過來是把飯送過來，而晚上過來是要把窗戶再關上。這座小城，地處北方，到了春天常常會刮很大的黃風，現在人們習慣把這種黃風叫作「沙塵暴」。而這天沙塵暴是突然而至，而且刮得很大，風從什麼地方刮起，它要刮到什麼地方去，根本就沒人想知道，也沒人關心。在刮沙塵暴的時候，人們最關心的應該就是把門窗關嚴。吉西坐在那裡，聽著颳風的聲音，看著早上被吉東打開的窗戶在風裡一開一合一開一合，但他坐在那裡一動也不動，那隻手放在胸前也不動。他本可以扶著他從小就扶的凳子過去把窗戶關一下，那凳子是他的助行器，如果沒了那張四條腿的凳子，吉西就無法行動。他本可以扶著凳子過去把窗戶關上，這對他來說很容易，只要他動，就可以把東邊那間房間和西邊那間房間的窗戶關上，但他不動，坐在那裡不動。沙塵暴很大，把黃土和沙粒從外面吹進來，這些不知從什麼地方飛來的沙塵落在桌上，落在床上，落在櫃子上，落在屋子裡的每個角落，彷彿這是一種藝術，它們落得是如此均勻而厚薄一致，屋子裡的一切都在沙塵暴的作用下變了顏色，這包括吉西的頭上和臉上，吉西在沙塵暴的作用下簡直已經變成了一個土人。但吉西坐在那裡一動也不動，他可以去關窗，但他不動；他可以去打一通電話，讓吉東過來處理這一切，但他就是不打。他就那樣坐著，一直坐著，直到吉東的出現。

進門的時候，吉東用手撲打自己的頭髮。然後吉東就愣在那裡，然後就生起氣來。刮了一天的沙塵暴已經讓屋子裡完全變了模樣，吉東看著土人一樣的吉西。

「你怎麼不關窗戶！死人還是活人！」吉東大聲說。

「我怕把窗戶關壞了。」吉西說。

「那你怎麼不打個電話，讓我過來關。」吉東說。

「我不會。」吉西說。

「還有不會打電話的?」吉東覺得自己已經被氣暈了。

「你個廢物，你個死人，你個造糞機器!」吉東氣憤地說，吉東對蒙大立說過他們的父親活著的時候就這麼說吉西，吉東說「造糞機器」這個詞放在吉西身上最恰當不過了，吉東就一連又說了幾句，「造糞機器!造糞機器!造糞機器!你這個造糞機器!」

吉東後來在不同場合把這件事對不少人說了，許多人都說吉西是不是腦子出了問題，他可以關窗戶卻不關，讓沙塵暴直接吹到屋子裡來，他在想什麼?他可以打電話卻不打，他在想什麼?為了這件事，吉東真的很傷心，他總是擔心吉西那裡會發生什麼事。母親不在了，現在吉西畢竟是一個人，結果過了不久，緊接著又發生了一件事，那就是樓上那戶人家的廁所那天水龍頭壞了，水漫了出來，把下面吉西的房子給淹了，水先是從天花板滲出來，然後再慢慢流下來，一開始是天花板的四邊，然後是天花板的接縫處。吉西坐在那裡，一動也不動，那隻手在胸前也不動，那隻手在不動的時候像是抽了筋，大拇指朝上，另外四根手指朝下，猛看像個耙子之類的什麼東西，其實更像是雞爪子。吉西就那麼一動也不動地看著水從上面流下來，時不時「啊」一聲，時不時再「啊」一聲，「啊」的時候身體還會跟著抖一下。直到這些水從屋子裡流出去，一直流到了院子裡，一直流到了門外那個綠色的郵筒那邊。這件事簡直要把吉東給氣瘋了。吉東大聲問吉西為什麼不打電話？打個電話就不會是這樣了。

吉東罵急了，吉西也被罵急了。吉西忽然大聲對吉東說：

「我要是打電話，你就更不過來了！」

「你什麼意思？」吉東說。

「到時候有什麼事，你打通電話就完事了！」吉西說。

「你說什麼？」吉東說。

「要是我打電話，你就更不會過來了！」吉西像是比吉東還要氣憤，還要激動，那隻放在胸前的手在抖。

「你再說！」吉東說。

「你別盡想好事！」吉西又說，大聲說。

吉東看著吉西，真想上去給他一拳，但吉東只是小的時候和吉西打過架，長大後就不再有這種事發生。氣瘋了的吉東忽然跳起來把電話線一下子扯斷，把電話舉過頭頂摔在了床上，然後又去送他的快遞了。那天他送快遞送到很晚，有幾個快遞送錯了地方。

「我跟你說，」吉東對蒙大立說，「我真希望發生點什麼，發生點什麼。」

「別這麼想。」蒙大立拍了一下吉東。

「發生一點什麼就好了，」吉東說，「就什麼都結束了。」

「別這麼想，」蒙大立說，「人都可能有這種時候。」

「我遲早會被雞爪子折磨死。」吉東說。

「要不要再來一瓶？」蒙大立說，「我看你還想喝。」

蒙大立喊了一聲服務員，這裡的服務員歲數都很大，但腳步輕盈。

蒙大立總是和吉東一塊來這間大混堂泡澡，這間澡堂可以為人們提供酒水和自助餐，雖然這間大混堂裡什麼人都有——包括有一次有人在水裡朝吉東把手伸過來，伸到不該伸的地方去，吉東一下子就勃起了。那天還有人在旁邊大聲地唱歌，那聲音可真是嘹亮得嚇人，但一點都不好聽，只是嘹亮而已。

「我真希望發生點什麼。」吉東又說。

蒙大立找不出什麼話，啤酒又來了，蒙大立喝了一口，吉東也跟著喝了一下。

「如果想讓我整天守著他，那不可能。」吉東說。

「這誰都理解，他就是你父親也不可能，你還有工作。」蒙大立說。

「問題是吉西就希望有人整天守著他。」吉東說。

蒙大立看著吉東，覺得吉東真是夠可憐的，「吉西要是這麼想，腦子就有問題了。」

「他腦子是有問題了，」吉東說，「他拒絕打電話就是怕一旦有什麼事打電話能解決我就不會再去了，你看看這傢伙有多蠢！」吉東又說：「這個雞爪子蠢豬！雞爪子蠢豬！」

兩個人就都笑起來，蒙大立看著吉東：「你真該好好睡一覺了。」

問題是，吉東還沒睡著，蒙大立就想睡了，吉東和蒙大立都習慣在泡過澡後去休息廳躺一會兒，小歇一會兒再去搓澡。吉東又讓服務員去幫自己取了一瓶啤酒，吉東喝了一口，然後把蒙大立推醒了。

「你這麼快就睡著了。」吉東說。

「我沒睡，你說吧。」蒙大立迷迷糊糊地知道吉東又要了一瓶啤酒。

「那個雞爪子蠢豬，你知不知道，他不知道把那個金屬哨子藏到什麼地方了，你知不知道，雞爪子蠢豬吉西昨天晚上吹了一晚上哨子，我要沒收他的哨子，卻不知道他把它藏到什麼地方去了！」

蒙大立睜開了眼睛，他的手裡還拿著他自己那瓶啤酒，瓶子裡還有小半瓶，蒙大立喝了一口，說：「你這個雞爪子吉西可真夠亂的。」

「白天他不吹，晚上快十二點的時候他吹。」吉東說那時候自己都快要睡了，一聽到吉西的哨子聲就嚇了一跳，以為家裡被人闖空門了，就趕緊穿了衣服去了吉西那裡，這是第一次。到了快兩點多，雞爪子吉西又把哨子吹響了，這一次更把吉東嚇得手足無措，吉東都以為肯定是有什麼人已經用刀子頂住吉西的脖子了，吉東就趕緊再穿衣服。不料等他去了吉西那裡，雞爪子吉西的火氣卻比他還大：「誰吹了，誰吹了，誰吹哨子了？」這可把吉東氣到不行，再一次聽到哨子響天都快亮了，吉東的老婆說她怎麼沒聽到，「你都折騰了一晚上了。」吉東的老婆說再這麼下去可不行。

「到底吉西吹沒吹？」蒙大立說。

吉東把瓶裡的那點啤酒又喝光了，他決定再要一瓶。

「真希望發生點什麼。」吉東說，朝那邊招了一下手，那個服務員皺著眉頭過來了，他知道這邊這個吹口哨的人喝得差不多了，除非他酒量特別大，在澡堂

金屬哨

裡，沒人這麼喝的。

跋

外面下著小雨，從早上一直不停地下到現在，天已向晚，這是今年的第一場雨，所以照例應該算是春雨。杜工部之〈春夜喜雨〉「好雨知時節，當春乃發生」實際上是沒話找話，其實他不這麼說，人人也都知道春雨的好。

春雨的好，第一好在誰都不會見到瓢潑般的春雨，也沒有人見過春雨挾帶著駭人的雷鳴閃電或龍捲風，春雨的動靜總是很小，不知不覺就下來了，或者是，不知不覺溼遍了山川。所以只「潤物細無聲」五個字，杜工部說得十分好。

在這樣下著小雨的傍晚，我編著著這本短篇小說集，原想對集子裡的小說說幾句話，比如照例介紹一下其中的篇目，哪幾篇發表在哪裡，或者是哪幾篇因何而寫。但忽然不想再說這些俗話，因為小說都已經擺在了這裡，何不由讀者諸君自己去讀去想為好。

而忽然高興起來的是，前幾天與作家小友周朝軍談小說，說來說去，說去說

跋

來，竟是頗有契合，便忽然想到這本小說集何不請他出來說幾句話，讓他為這本集子作個序，以九〇後之眼看一下五〇後之小說，便是一件好玩而有意義的事。凡事一好玩，便會有真性情被玩出來；凡事一有意義，便不會再索然無味。而真正的文學藝術又是一向沒有時空限制的，中國的小說會打動英國讀者，阿根廷的小說會讓中國人涕淚交流，語言和生活習慣或有不同，但人心是相通的，真正的作家又向來是沒有一定歲數的。比如曹雪芹要是忽然從地底下鑽出來，洗洗臉刮刮鬍子站在你面前，你也許不會叫他叔叔、大爺或曹爺，客氣一點會叫他老師，親切一點也許會叫他哥，作家向來應該是這樣的，是平等的。所以，我這個跋寫到此刻竟然也變得有意思起來，亦算是時有新致生發，所以，自己便先叫起好來。

是為跋。

電子書購買

國家圖書館出版品預行編目資料

紅骨髓 / 王祥夫著 . -- 第一版 . -- 臺北市：崧燁文化事業有限公司 , 2021.12
面； 公分
POD 版
ISBN 978-986-516-922-0(平裝)
857.63 110018284

紅骨髓

臉書

作　　者：王祥夫
編　　輯：柯馨婷
發 行 人：黃振庭
出 版 者：崧燁文化事業有限公司
發 行 者：崧燁文化事業有限公司
E-mail：sonbookservice@gmail.com
粉 絲 頁：https://www.facebook.com/sonbookss/
網　　址：https://sonbook.net/
地　　址：台北市中正區重慶南路一段六十一號八樓 815 室
Rm. 815, 8F., No.61, Sec. 1, Chongqing S. Rd., Zhongzheng Dist., Taipei City 100, Taiwan (R.O.C)
電　　話：(02)2370-3310　　傳　　真：(02) 2388-1990
印　　刷：京峯彩色印刷有限公司（京峰數位）

定　　價：375 元
發行日期：2021 年 12 月第一版
◎本書以 POD 印製